人坐在世界的边缘，笑

Am Weltenrand sitzen die Menschen und Lachen

[奥] 菲利普·韦斯
（Philipp Weiss） 著

陈早 译

华东师范大学出版社

· 上海 ·

华东师范大学出版社六点分社　策划

昭夫的录音

Akios
Aufzeichnungen

[日] 伊藤昭夫（Akio Itō） 著

（录音转稿）

音频0038

[7] 太奶奶说，她见过大鲇。太奶奶说过的，就是真的，因为太奶奶很老很老呢，知道的故事比 10 的 36 次方还多。虽然爸爸从来都不相信她。可那是他的问题。10 的 36 次方是 1 后面有 66 个 0。我对数字特别感兴趣，所以我知道。比如说，我很纳闷，为什么有自然数，没有非自然数，这是不是说，所有数字都长在树上？我最喜欢的数字是 0。太奶奶和我讲，所有日本人都怕 4，因为 "4" 这个字听起来就像 "死"。所以房子没有 4 楼，每次爬楼梯我都奇怪，怎么那么快就到 5 楼了。大家最怕 49，因为听起来像 "死苦"，我想，所有人都愿意幸福，永远活着。反正太奶奶 107 岁了，或者 92 岁。我也不太清楚，因为太奶奶太老了，已经记不清年纪了。所以她有时候问我或惠子，可是小惠子太小了，还不知道什么是年龄，所以这个事情其实取决于我。我想到什么就告诉她什么：比如说，你 99 啦，太奶奶！她就会从皱巴巴的眼睛里看我，我只能认为，[8] 她看起来像只大乌龟。她叫起来：99？现在我可奇了怪了，我居然还没死。这么老了还不死。慢慢就到时候啦！然后我们就全都笑起来。第一次她说起死的时候，我当然吓了一跳。可她

对我泄露了她的秘密：别怕呀，小昭夫，亲亲乖乖，你怕什么呢？我告诉你点事情。过来吧，我对着你的耳朵悄悄说。根本不存在死亡。只有对死亡的恐惧。自从我知道了太奶奶的秘密，就很安心，再也不怕了，不怕太奶奶的死，也不怕爸爸或者妈妈或者小惠子的死，甚至连我自己的也不怕。我只是有点怕对死亡的恐惧，但也没那么糟啦。妈妈说，这一点我很聪明。我也不知道啦。但其实我很想讲一讲太奶奶见过的大鲇。那是条很大的鱼，一种鲇鱼，生活在海底淤泥中，在日本群岛下面，被鹿岛管着。他是一位神仙，他在大鲇身上压了块大石头。如果它跑了，我们就遭殃了。啊哦！因为它能带来地震，把人们从上一次地震以来建造的一切都毁掉。所以太奶奶在海里见到大鲇的时候，非常不安。太奶奶说，它来到海面上，非常大，悄悄告诉她的。来了！来了！她一个劲儿点头，因为她懂了。可是像往常一样，没有人听太奶奶的。爸爸只是说，海里没鲇鱼。对此，妈妈说，爸爸根本不会知道，因为鲇鱼生活在很深的淤泥底下，[9]很少来到海面。可一旦它们来了，就一定有充分的理由。因为鱼很敏感的。妈妈说，它们什么都能感觉到。爸爸同意她，还提到地震引起的热和静电的变化，我也不懂，但我猜他只是想吹牛，证明他比我们知道的都多。别去电厂，太奶奶和他说。可他还是去了。爸爸就是这样子，谁要是想改变他，那我就祝他好运吧！因为他像老浪人一样犟，浪人是没有主家的武士。太奶奶给我讲过 47 浪人的故事，所以我知道。反正就是：太奶奶可能有点怕地震。这是因为，她小时候经历过关东大地震，我猜那时候她比小惠子还小呢，但我也不确定啦。我听说，关东大地震把整个东京都毁了。有时候太奶奶会讲，大地怎么摇晃。那么晃啊！她一边叫一边表演，从一只脚跳到另一只脚，好像她是个小姑娘，脑袋还摇来摇去，像在摇滚演唱会上。我觉得超级好笑。有一次她讲关东大地震的时候，却忍不住哭起来，因为那次她没了爸爸。当时整座城市都是町屋，每个小孩子都知道，那些老房子是木头造的。地震来的时候正是中午，家家都在煮饭。地震偏偏这时候来，我觉得好讨厌，根本没人请它来吃饭啊。反正到处都烧起大火，所有东西都烧光了。太奶奶说，空气里充满烤肉的味道，[10] 这我就不太懂了，怎么还有时间煎肉呢。有一次我在学校里学到，东京以前叫江户，明历大火之后，我猜连太奶奶也没经历过这场火吧，就是这场大火后，城市每隔20—50年就会被毁一次，不是地震、火灾，就是愚蠢的战争。如果用奇怪的概率望远镜去看，就能清楚地看到，未来东京还会再摇晃、坍塌，就像从下面抽走假石头的叠叠乐塔。这我不会说的，因为我是悲观主义者。要是有人在大晴天里相信天阴下雨，他就是个悲观主义者。我体会到这一点，是妈妈有一次说，她和爸爸在东京相爱。那时候爸爸是个大学生，不太帅，但很聪明。我注意到，妈妈说这个的时候，爸爸有点脸红了，但我只是提一嘴。妈妈说，爸爸那个时候就很能讲，但那时候她正热恋，所以也无所谓。我问我自己，热恋是什么。如果有时候爸爸话太多，我也可以用一用。太奶奶说过，可得当心，别上了男人的套。太奶奶还说，我和爸爸一模一样，实打实的话痨。但我可不这么看。因为有的时候我会坐下来思考很久，一句话都不说，甚至有人问也不说。[11] 反正有一次，年轻的大学生爸爸又滔滔不绝地说起来，特别是说到了未来，年轻的厨师妈妈就兴高采烈地听着，因为她那时候就梦想有个家庭，还有特别棒的孩子，就像小惠子和我这样。可是爸爸没有提结婚，而是说到一件怪事，事实上不是真的，但也不是撒谎，我感觉有点懵。我猜是爸爸编的。反正那个东西如果是真的，就能看到未来。可能是把它放在眼睛上，就像望远镜那样，或者夹在手指之间，就像易经占卜的小签子。所以当时就知道，东京有一天还会有可怕的地震，就像太奶奶小时候经历过的那场。可至今也没发生，但它越久不出现，那种奇怪的可能性就越大。它越长越大，什么也阻止不了。我猜，现在它一定已经比东京晴空塔还高了，晴空塔至少有 634 米呢。反正当时年轻的厨师妈妈听说未来的地震，吓得够呛，年轻的大学生爸爸就和她保证，有一天带她去另外的地方生活。反正不在东京！所以我们来这儿了。因为这里很安全。爸爸清清楚楚地对我和妈妈证实过，这里没有一丁点儿那种可能性。但那时他也不会知道，有一天太奶奶会看到大鲇，一切都会大变样。

音频0039

　　[12] 我9岁，但是再过104天我就10岁了。10有1和0，因此是个很漂亮的数字。计算机也是由1和0组成的。所以，等到我10岁，我就会特别聪明，和爸爸下象棋就会赢。8也不坏。可好像没完没了，停下不动了。有一次我和太奶奶说这个事情，她说，我有道理，但是在此之前她还没想过。很少人想这个。太奶奶没在这里听我说，我感到很可惜。因为太奶奶是我认识的最好的听众，虽然她耳朵好小的。或者正因为这个。录音笔也还不坏啦。可惜太奶奶总是又没影了。有时候，一不留神，她就没了。妈妈总说，她又去找魂儿了。等到太奶奶回来，人们问她：太奶奶，你去哪儿了？她只是说：哦，我就去溜达了一下。我猜，那个词全世界只有太奶奶说。溜达。但这也很合理呀，因为全世界只有太奶奶才溜达。可这一次她还没回来。她可真是不着急。每次太奶奶溜达回来，她都很开心。有时候她还唱歌呢。我想了想，也许这一次她很伤心，因此需要更久一点。太奶奶消失那天，惠子、辰和我在小山上玩。辰是我的鬣蜥。一只美洲绿鬣蜥。从鼻尖到尾巴都37.3厘米了，可以后他会大到能让我骑上去，[13]那时候他也已经长出了翅膀，至少我梦见过，太奶奶说，有些梦会成真的。辰看起来像一条真

正的龙，但是爸爸说，辰不是龙，而是蜥蜴。我也不太懂，但他有长长的爪子，背上还有红刺冠。他的鳞片摸起来简直就是龙的皮肤，这些是肯定的。我知道得很清楚，因为辰喜欢人摸他，他就会眯起眼睛，把脑袋歪到一边去。这个习惯我和辰学会了。另外，鬣蜥比我们人类有更多感觉。比如辰有第三只眼睛，就在脑袋正中。虽然用它看不了什么东西，但是即使闭上其他两只眼睛，他也总能知道是明还是暗。他的嘴巴里还有一个器官，名字很复杂，反正就是用来闻一闻嘴巴里的东西。我觉得特别有用，特别是妈妈煮饭的时候，我们就应该想一想，我们人类是不是有一天也应该装上这么一个器官。但这个事情也有一个很大的缺点，如果辰嘴巴臭，那他就得一直忍着了。堵住鼻子根本没用。这让我很难过。所以我和太奶奶在院子种了薄荷。有时候拿给他嚼一嚼。辰很感谢。太奶奶说，辰有个老灵魂，很智慧的，他很关注我。这我以前就注意到了，因为辰看我的时候，他的眼睛好像从另一个世界看出来。然后他就眨眨眼睛。我们刚挖了个洞。这是辰最喜欢的事。当然啦，除了晒太阳。爸爸和妈妈在上班。［14］太奶奶在房前坐着，在她的椅子里打盹，她总是这样，最冷的时候也是，所以能和她开最好笑的玩笑。有一次我们把雪塞进了她的衬衫，她跳起来抖落着，好像疯掉了。然后她叫起来：喔喔喔喔喔！现在我可算清醒了。还有一次，小惠子和我演医生，我们用放大镜检查太奶奶的鼻子，很遗憾地发现了一种重病。太奶奶的鼻子里长毛，这是少见而且危险的事情。于是我们采了草和花，堵在她的鼻孔和耳朵眼里，好让她恢复健康。我们这么好地照顾她，她可以说是很幸运的。一定要好好关心太奶奶。我们刚挖了个洞。然后就开始轰隆隆地响。很大声的轰轰隆隆，像打雷一样。可这次是在地里面。就好像一整年所有的雷雨云都聚在小山下面，同时开始摇晃、大笑。我只是想：啊，不好了！我们的洞挖得太深了！所以我们赶快开始再把它填起来。小惠子脸都白了。辰疯狂地摇尾巴，紧张地鼓起脸蛋，四处点头，长长的腮帮子都晃来晃去。看起来可真是奇怪。我承认，我有点怕，但也还好。有时候，洗衣机在甩干的时候，妈妈允许我坐在洗衣机上。它就开始摇晃，在房间里转圈，[15] 听起来和宇航中心要发射去月亮的火箭一模一样。10，9，8，7，6，5，4，3，2，1！啊啊啊！我已经被抛到天上去，火箭的速度哦。这次太空旅行，我发现了一些很意外的事情。我发现，如果人坐在火箭里发出长音，声音也会开始摇晃，就像唱歌的时候拍胸脯。我不清楚为什么，但如果全身都被喷气发动机和声音震动起来，就会很安心。我伤心或者生气的时候，最喜欢坐在火箭里，发出颤抖的长音。特别是轮流喊 O 和 A，那么长，直到没气了，至少 7 秒呢。太奶奶有一次看到我这样说，庙里的和尚和我做的差不多，我可能是个很老的觉者，正在发明一种非常现代的入定技术。我不知道入定是去哪，我猜应该是南美旁边的什么地方吧。反正地震一开始，我立刻躺到草地上，左边把辰紧紧抱在怀里，右边是惠子，然后发出长长的 A 和 O 音。这比月亮火箭还好上 1000 倍。小惠子和辰一点都不怕了。爸爸有一次和我讲，我们的星球以每小时 10 万千米的速度在太空中飞奔，总是围着太阳绕圈，还像个发疯的陀螺一样自己转。我认为，人们都糊涂了也不奇怪。[16] 地球本来是个很大的宇宙飞船，就像太空战舰大和号，我们在这么可怕的速度下没有被立刻吹跑的唯一原因是，太空里根本没有空气，另外，地球外面裹着一层很大的保护壳。我觉得这一切都很好玩，所以我问了爸爸好多这方面的问题，我发现，如果地球出于某种原因突然刹车，所有大海都会从它们的坑里泼出去，所有的人、猫、车，所有不固定的东西，都会被抛到空中几里远。反正我认为，地震一定和地球太空飞船的驱动装置有关系，我也不是很确定啦。我最喜欢问太奶奶或者爸爸，可这两个人都不在。太奶奶消失那天，我想，最好还是不叫醒她，因为她有点害怕地震。雷雨云在地下快要集合好的时候，她果然还在睡觉，像个小婴儿似的。小惠子和我给她盖了毯子，因为真的很冷。她稍稍醒了一下，一定是打了个哈欠，我看到她嘴巴张得那么大，我想她的下巴随时都会掉下来。大多数时候我不能看电视，但有一次爸爸睡着了，我坐在他身边，看了一个关于鳄鱼的节目。鳄鱼有 38 颗牙齿，如果掉了一颗，它就会立刻长出来。太奶奶打哈欠的时候也有一张鳄鱼的嘴巴，但是她的牙齿再也不长了，所以我知道，她不是鳄鱼的后代。她有一副假牙，[17] 晚上睡觉的时候她拿下来，把它放在一个玻璃杯里。我觉得有点吓人，但小惠子最初看到杯子里的假牙时，很着迷。我想那是她第一次看到。因为小惠子不是一个普通的小孩，可是妈妈和我说，世界上没有普通的小孩，只有特殊的小孩。惠子的特殊之处是，她不能说话，所以她看得更多。小惠子眼睛大大的，看得很仔细，比我还仔细。她第一次看到太奶奶杯子里的假牙时，看了好久。差不多一个小时呢。妈妈想把她抱走放到床上，她就开始大哭起来，根本哄不好。又站在太奶奶那副漂浮着的、咧开的假牙面前，她才安静下来。她看起来很开心，看的时候小脑袋一会儿歪到这边，一会儿歪到那边。我猜，这样小惠子就能看得更全。因为我在看小惠子看假牙的时候，才第一次想到，我总是只从一边看东西，可换个地方看，东西就不一样了。太奶奶的牙齿看起来跟电视上的女士一模一样，可是从另一个地方就能看到金属丝和棕色的食物残渣，从下面才能认出海怪。其实人得长上千只眼睛，而不只是像辰那样只有三只，用这些眼睛，人才能从上到下、从各个方向同时去看一棵树，只有这样才能知道，它真正是什么样子的。或者也可以很多人同时来做。比如说，[18] 有几百个人围着树站着，再有几百个人背着火箭背囊飞到树顶上，再有几百个人像鼹鼠那样在树根底下挖地洞。然后所有人都得通过无线电相互讲一讲，他们看到了什么。收到，收到。看到了红色的虫子，正想啃缠成辫子的根。当然啦，也得有几个坐到树冠里面，从树杈里看看它，可经过这一顿研究，树就不再是原来那棵了，比如说不再是苹果树，而是人树了，但看的不是它啊。也许我们必须问问蚂蚁，可是用哪种语言呢？最好给它们配上微型相机。可谁会看完这些录像呢？可能比 Youtube 上的还多吧，我听说，需要 5700 年，连撒尿的工夫都没有，才能看完 Youtube 上在线的视频。我和爸爸一起算了算，在此期间，也就是尿都不撒、连看 5700 年视频的时间里，又会有 62415000000 年的新视频被上传，可能最好的膀胱也受不了吧。

音频0040

　　妈妈，我能问问题吗？我问妈妈。是不久以前。当然了，她说。我鼓起所有勇气。是我说得太多了吗？幸运的是，她摇摇头，笑了。没有，小昭夫，一点都不多。但也许，她这样讲，只是因为她爱我，［19］或诸如此类吧。为保险起见，我无论如何都要再问一句：是我说得太多太多了吗？她看着我，带着世界上最好的妈妈的微笑回答：不，这样刚刚好。我就放心了，然后说：好吧。因为是这样的。当我焦躁不安，不知道如何是好的时候，只有说话才能帮助我。或者是月亮火箭。

音频0041

如果我能变成一只动物，随便什么，那我就最想变成一只水熊虫。它那么小，只能通过显微镜看，或者太奶奶的放大镜，有时候她用它玩数独游戏，她在镜片后面好像有大王酸浆鱿那么大的眼睛，那是一种大型深海怪兽。反正水熊虫是从石头形状的卵里孵出来的，那就像个到处都是糖霜火山的行星。水熊虫自己看上去就像长着小粗腿芽的吹鼓的吸尘器袋，好可爱的。你也许不信，可是水熊虫真的什么都扛得过去。比如说100年不吃不喝，那样它看起来就像长着小粗腿芽的皱巴巴的吸尘器袋，被谁不小心坐了上去，不过也没什么啦。满格的放射性辐射和零下200度，水熊虫也能活下来，坏人们甚至把几个水熊虫带到太空里做实验，它们竟然开始在那开心地到处飞，根本没穿宇航服。[20] 如果以后我能变成一只八条腿的微型水熊虫，又恰好有人听到了这段录音，要是他用太奶奶的放大镜找到我，并且尽快把我射入太空，那可就真是太棒了，最好是在南门二附近，谢谢哦。但我不是很确定，我是不是更愿意成为一只壁虎，这样我就能贴在天花板上，世界就会上下颠倒，我会很喜欢的。或者一只钝口螈，它是个墨西哥的小家伙。它长得好有趣，另外，这个傻瓜不论失去身体的哪个部分，都能再长出来。这可很实用哦，比如说恰好掉进白鹭的嘴巴里，或者遇到海啸，把某个地方悲惨地压坏了。我想过了，妈妈一定是只蜂鸟。因为这种鸟有很小的心脏，它跳得特别快，一个小时就像人一天跳得那么多。哒哒哒哒哒哒！很容易想到，蜂鸟的生活忙忙碌碌，所以它尽可能喝很多很多糖浆，喝到肚子痛，晚上它就累得要死，倒在巢里，睡得像块石头。去年的男孩节，我得到了一本新动物书，讲的是深海里的可怕生物，当时我就注意到，爸爸一定是条鳌鱼。这种怪物非常勇敢，因为它生活在海下很深很深的地方，那里永远黑漆漆的，而且特别冷，好在它脑袋上有一根触须，末端挂着一盏很实用的灯笼。那是深海黑暗中唯一的灯光。如果另外一条鱼游过来，比如说，因为它以为看见了天使，[21] 或者它只是想借一下手电照照镜子，鳌鱼就会张大嘴巴，呼啦，它就又吞下一顿美味的大餐。爸爸就是这样的。有时候我都不明白，爸爸和妈妈怎么会配，他们可完全不一样哦。我也问过太奶奶，她说，就像枪虾和虾虎鱼，它们也最终一起生活在水下。它们是这样的：虾虎鱼是一种温柔的小鱼，它眼睛很好，危险来了，就能立刻看到。近视还斜视的枪虾会很响地打枪，能把一切都吓怕。所以它们喜欢彼此。我不知道。反正我想，小惠子最好是条变色龙。因为它的舌头咂得比喷气飞机还快，这可真让我着迷，因为它连汽油都不用哎，最重要的是，变色龙能随时变颜色表达心情，也不需要说一个字。这对小惠子很有用的。有时候它全身灰黑，有几块深棕

13

色的斑点。有时候它像彩虹般闪亮。它还有一根长尾巴，能很好地固定自己，在这些时候就很重要了。可是我给小惠子看变色龙的照片时，她不太感兴趣。她真正喜欢的是眼镜猴。这种毛茸茸的小家伙有着圆圆的大眼睛，看起来总像刚刚睡醒，会因为这个世界吓一大跳。它的脑袋几乎可以转一整圈，看起来虽然搞笑，但是也挺吓人的。[22] 如果它看到什么可怕的东西，就会干脆跳开，就像放到红碳上的青蛙一样，可远了，是它自己身长的 70 倍呢。它悄悄地和其他眼镜猴聊天，因为用的是超声波，其他人谁都听不见，我想，小惠子可能也会用超声波说话，所以我们才听不懂她。哈喽，这里是眼镜猴惠子。这里是眼镜猴惠子。哥哥，你能听见我吗？我要拉粑粑，我还想要布丁馅的考拉小饼干！我猜，一定是这样的。在医院里就能接收到超声波，这一点我很确定的。如果我能在哪里找到一台电话，我就能打电话和医生说，小惠子是一个很特殊的小妹妹，她只说眼镜猴语，我希望她很快好起来。

音频0042

可惜妈妈总是很悲伤，我能清楚地感觉到。太奶奶说，这和她的情绪有关，但我不知道那是什么，也不知道怎么才能摆脱。对此我经常想很多。可妈妈说，我想的太多了，对健康不好。因为我想的太多，怎么才能摆脱这样的情绪，她才真的又有了这种情绪。所以有时候我假装没有思考，却继续悄悄地想，这样妈妈就不会悲伤了。这样做还不错。黑崎老师说，人平均每天有 60000 个想法，但我想，我可能有100 万个，因为我脑子里总是同时有很多想法。[23] 我也不是很确定，因为我家里没有大脑扫描仪，准确地说我连家都没有了。有一次我做 IQ 测试。真的很难搞哎。我得用单词、图画和数字解题，其实我最爱解题了，但考试时我总是有点怕，开始屁股出汗，我想，所以全都做错了，妈妈就又伤心起来。爸爸说，如果我更努力，有一天就会像爱因斯坦那么聪明，他是个白头发的科学家，住在欧洲的山里，不知道什么时候他看出来，时间能弯曲，就像橡胶人蒙奇·D·路飞。我可能以后也会成为一位科学家，因为我可以一直思考，不让任何人伤心。但我更想当海盗。因为我发现，科学家发明的东西，总是让一切变得更糟糕。当然有几个例外，比如说安藤百福，泡面的发明者。但某一天，科学家们一定会把时间扭个结，回到过去修复他们曾经造成的一切。如果他们在弯曲的过去没有好好修复，反倒又搞出来点什么，那可就真是麻烦了，因为那样的话，他们还得在时间结里扭第二个结，可能还有下一个宝宝结，这样下去，肯定会让一切都可怕地乱缠在一起，就像我脑子里面。

音频0043

[24] 好在贾斯汀·比伯和迈克尔·杰克逊现在都自由
了。它们是我的两只乌龟，前不久还住在我房间的水缸里，
第二个架子，第三层，大石头上面，就在暖灯下。给它们起
真明星的名字，是我 Facebook 的朋友 Yuki 的主意，因为
Yuki 总是有好多超级棒的想法，虽然我还没见过 3D 的他，
因为他和他的爸爸妈妈住在波士顿，那是美国，我只认识
2D 的美国。有一次我把乌龟池变成了水下迪斯科，用摄像
头直播给 Yuki 看。我把电脑音箱紧贴着水箱，放了好几个
小时流行歌曲，乌龟跟着表演了一段水下舞蹈，小脑袋和小
脚疯狂地乱动。好好笑啊，但是 YouTube 上的人说这是虐待
动物，我是头变态的脏猪，应该在地狱里烤一烤。贾斯汀·
比伯和迈克尔·杰克逊是黑色的大头龟，可妈妈说，家里最
大头的还是我。它们两个好可爱，因为它们总是在笑，至少
看起来是，每次看见它们我都好开心。那是一种很淘气的微
笑，我猜它们知道或者偷偷摸摸地干了点什么。也许是个下
流的乌龟笑话，它们反复讲给彼此听，幸灾乐祸地笑。因为
我有个苍介叔叔，有一次他又喝醉了，就讲了这样一个笑
话，咧嘴笑起来，和它们很像，所以我才知道。贾斯汀·比
伯有点腼腆，相反迈克尔·杰克逊是个真正的冒失鬼。

［25］我不骗自己，我已经够大了，知道海里的生活很难很可怕，到处都是牙尖尖的、胃叽里咕噜响的讨厌的家伙，胆小鬼在那里什么都得不到。太奶奶说，宇宙是大型自助餐，不知道什么时候就成了别人的早餐。但我相信，我给它们两个做好了准备。事情是这样的。有一次辰的皮蜕得不太好，背上留了一根老刺。我们必须除去它，然后流了一点血，但也不是很糟糕啦。谁都知道，龙血让人刀枪不入，我就立刻把一滴混入贾斯汀·比伯和迈克尔·杰克逊的水缸里，它们两个只是咧嘴笑着。我相信，它们现在不知在哪里开心地游泳呢，它们在深海里像不死的明星一样，什么都伤害不了它们，在一条睡觉的鳘鱼的灯笼下面，大胆的迈克尔·杰克逊刚亲了贾斯汀·比伯一小口。

音频0044

（小声地）我睡不着，因为这里有一场大型的打呼噜音乐会，纸壳墙后面挨着我睡的男人，总抢着当鼻子首席。有一次他的呼吸几乎停了一分钟，我吓得心都快掉进裤子里了，然后他又继续打呼噜，好像什么都没有发生过。这一切都让我想起蓝鲸的歌，它们整日整夜地唱着最复杂的曲子，[26]有不同的乐章和副歌，可只在它们没有做后空翻的时候。然后我去上厕所，绊到了一个睡着的女人，可真尴尬呀，因为我好像踩坏了她的耳朵。然后我留在走廊里，看了看鬼魂的名单，人们从不知哪里的废墟把他们捞了出来。有1331个，从前从后读都是一样，可是每天还要再添几百个，甚至有很小的宝宝。我不知道在什么地方听说，果蝇日出前出生，日落时就又死了。我难过地想，要是一只小果蝇来到世界上的那天刚好多云怎么办。我想，现在我得继续听鲸鱼唱歌了。

音频0045

到处都在传我经历了什么，总有些人来把我抱在怀里，也不管他们多久没洗过澡了。所以我干脆把一切都说给录音笔，因为它没鼻子。谁要是想听我的故事，就可以播放，我无所谓。太奶奶消失那天，小惠子注意到了什么，就在雷雨云在地下开过会之后。小惠子总是什么都能发现，和她玩"我看到你没看到"真是有点沮丧，因为输掉一点都不好玩。连太奶奶有时也跺跺脚，呼哧呼哧喘气，鼻毛都动了起来，[27] 比如说，有一次她玩"快呀—快呀"的游戏输了，但后来她总会取笑自己，有一次连牙都笑掉了，落在茶杯里。噗通！不管怎么样，看到小惠子的脸，我就立刻明白了，有什么不对劲，于是我转过身，也发现了。是什么呢？整座小山都在燃烧！但火焰是很怪的黄色，几分钟之后就过去了，好像只是一个滑稽的森林妖精的恶作剧。小惠子开心得拍起手来，看上去好漂亮的。住在篮球筐下的女士和我说，小山根本没烧，而是地震的时候柏树摇晃得太厉害，所有花粉都同时落了下来，整个林子变成了一大朵花粉的黄云，我不知道该高兴还是恼火。小惠子和我真是目瞪口呆，要是我能立刻问问太奶奶她怎么看这件事就好了，可是她睡得像个土拨鼠似的，土拨鼠们会紧紧贴在一起差不多睡上一整年。我想，在所有这些混乱之后，我也用得上这招。这时第一次余震来了，所以我们立刻躺下去，为安全起见玩起了月亮火箭。可真是不好笑，天空突然暗下来，就像日食一样。然后辰出事了。鬣蜥总是需要温暖。妈妈也总是冷，冬天的时候她最喜欢坐在暖桌边的被子下面，可辰更糟糕。因为它是冷血的，也就是说他身体里没有装暖气，[28] 一旦不像热带的南美洲那么热，它就会冻得像板子一样，迟早从树枝上摔下来死掉，比如就像一颗椰子。反正爸爸禁止我们把辰带去外面。但我认为这很不好，因为我注意到，每次我和辰讲我在外面经历的事情，他就很忧郁地拖着脸蛋，好像他想擦地板似的。所以我就想到了热忱的主意。这有点古怪，但几乎就是个小南美了，只需要把他从包装里取出来，就会很热的。于是我给辰做了一根牵引绳，把他和小南美一起装进毛茸茸的龙猫背包里，当然啦，上面开了口，进空气，还能好好看风景，这对辰来说很重要。可不知什么时候，他一定是从背包里爬出去了。等我们躺在草地上，天空突然变暗的时候，我发现辰闭上了眼睛，哪怕我挠他的肚皮，他的尾巴也一动不动了。我当然又怕又急。快点，我们必须回家，小惠子！辰不好了！家里被地震搞得乱七八糟，我立刻给他泡了个暖水澡，用他最爱的食物喂它，也就是青豆。外面开始下雪了，但不是从上到下，而是水平地从左到右，小惠子为了好好地看，歪着她的小脑袋。大地全白了，还有点发绿，好像他难受得想吐，可能是因为树林里的动物在地震的时候吓尿了，闻起来真是恶心。[29] 小惠子对我眨了眨眼睛，很激动地比划着。起初我根本不知道发生了什么，然后我也发现了。河水在倒流，小惠子！我承认，我的脚趾头都麻了，连河流也不再遵守自然规律啦。啊呦！这就开始了！我听到了那种声音，响得吓人，不属于这个世界，最初我以为：一定是海洋怪声！因为海洋怪声是麦克风从深海中接收到的最响、最奇怪的声音，听起来就像大洋里所有的鲸鱼同时放屁，但谁也不知道它到底从哪里来，连太奶奶也不知道。有些印度的科学家认为，海洋怪声是一种未知深海怪物的吼叫，它一定有 100 个哥斯拉那么大，另一些人说，它是一座大冰山在洋底碎裂时发出的。不管怎么样，其实不是海洋怪声，而是海啸到了我们家里。小惠子用小拳头揉了揉眼睛，张大嘴巴，好像在牙医那，因为窗前的太奶奶在她的躺椅上漂走了，就像在冲浪板上似的，还对我们招手，可真好笑。太奶奶平衡很好。这时我感到很轻松，因为太奶奶及时醒了，不会又把一切都睡过去。她也不带我们，自己继续玩冲浪去了。我对自己说，我不会哭的，因为我已经长大了，我把辰和小南美又装进龙猫背包里，把龙猫背包背在小惠子身上，然后我背起小惠子，[30] 以最快的速度跑到三楼，在所有能碎的东西之间障碍跑可不简单哦。我每周三去上游泳课。我能从泳池的一边潜到另一边，有些地方能一直沉到池底，要塞住鼻子才可以的哦。我刚好能闭气36秒，再久就憋得满脸通红啦。日本是个岛屿，其实是很多岛呢，周围到处是水，黑崎老师说，从石器时代起，大海就已经是我们祖先的生命线，可这条生命线突然就涨到三楼天花板那么高，要不是架子很好爬、吊灯也能抓得住，可就麻烦了，好吧，爸爸说，每个问题都有解决的办法，他总是摆出那种最好的武士道的脸，笑得那么得意，我只能相信他咯。房子！房子飞起来了！也许它长出了翅膀？还是有腿了？现在像咯咯叫的母鸡似的快跑了起来？然而它没有飞，也没有跑，是游泳啦。我当然还不知道呢。起初感觉就像在大阪好莱坞环球影城的过山车里翻跟头，有一次我和太奶奶一起去过。那次我们下来的时候，太奶奶大叫说，哦，现在我可饿死了！然后我们就去吃了铜锣烧，虽然我有点反胃。反正房子像喝醉了似的。可突然，不知道怎么回事，我的脚就站在了地面上，我猜是因为我们的房子变成了海盗船，三楼现在成了甲板，[31] 可惜没有舵轮。我当然还一直背着小惠子，我回头看她的时候，她的眼镜猴眼睛睁得好大，我一辈子都看得见。为了安全，我拉上了龙猫背包，防止辰再有什么蠢念头。我对小惠子说，可要好好抓牢哦。因为我想爬到屋顶上……噢！我去尿尿了！

23

音频0046

—您是月亮人吗？

—嗯？

—您是月亮人吗？

—不是。

—是，您就是月亮人！

—反正我不是地球人。

—我看到你的脸就想起来了！

—走开。

—辰在哪？辰怎么了？

—我不认识辰。没人认识。

—您答应过的啊，会找到我的鼹鼷。

—你记住，什么保证都不算数。

—您不是月亮人？

—又来？不是。

—或者您是他的同卵双胞胎兄弟？

—可能吧。

—那您也一定来自月亮，这是确定无疑的。很可能您是在另一个环形山里长大的，也就是这样了。但是，不论如何，如果您能告诉我您的双胞胎兄弟在哪就好了，[32]因为他答应过我，要找到辰。

—哦。

—还是所有月亮人都长得一模一样？当然有可能，在被美国宇航局（NASA）保密的月亮城里，所有人都长着一张脸，或者，落到地球上的月亮居民，都不想带着他们的月亮脑袋到处跑，就都做了同一张人脸。也许月亮居民选了第一位日本宇航员的脸，他是毛利卫，我很知道的，因为爸爸给我看过他的照片，他在太空里飞，他旁边有一朵漂浮在水滴里的樱花，那是他专门从日本带进大宇宙里去的。爸爸好喜欢那张照片，他都哭了，但只是一下下啦。本来我也马上就要哭了，可是我做出武士道的脸。我能想象，看到穿着宇航服的毛利卫和樱花，月亮居民一定印象很深刻，所以他们复制了他的脸，探险地球的时候就戴上。爸爸说，日本的宇宙航行的确是件伤心事。日本航天局曾想造一架叫 Hope 的航天飞机，Hope 是英语，意思是希望。可惜希望根本没实现，恰恰相反。所以日本想造一架新的航天飞机，取名 Hope—X，也就是勾销的希望，但还是没成。也许爸爸就是因为这个才哭的。反正现在人们更想把机器人送上月亮，[33] 而不是真正的人，可能因为机器人没有人类肚子里那么多希望，所以就算全搞砸了，也不会那么失望吧。

—我脑袋嗡嗡响。

—对不起。

—你手里拿的什么？辐射剂量计吗？让剂量计离我

25

远点！

——这是我的录音笔，我……

——别跟着我！明白吗？

——明白。

——好。

——您和机器人交过朋友吗？您带着月亮的照片吗？月亮居民的房子都是用玻璃做的，所以望远镜看不到，对吗？您和月外物体一起飞过吗？月亮上到底有没有动物？如果有，是什么呢？您在电厂看见爸爸了吗？您了解鳗鱼？辰在您这里吗？辰的确在您这里，对不对？您为什么怕剂量计啊？您状况危险吗？用放大镜能看到辐射吗？为什么有些房子游泳，有些不会？您也怕大海吗？

音频0047

　　我叫伊藤昭夫，我感觉自己就像一条飞鱼，忘了家在哪，水里还是空气里。我很乖，也很勇敢，我说话并不多，而是刚刚好，如果我长大了，我就会像爱因斯坦一样聪明。不存在死亡。但我不知道，这到底是什么意思。[34]我要是一只水母就好了，因为它没有眼睛，没有耳朵，没有鼻子，只有一张嘴巴，可以用来吃饭和拉屎，但不能同时进行。月亮人撒谎了。我还没撒过谎呢。但我想，这也是一个谎。我已经长大了，不会再哭的。你到底在哪里啊，亲爱的太奶奶？

音频0048

　　小宝宝的时候，我在宝宝哭相扑赛里得了第一名，妈妈说，这意味着我会长寿、幸福。我不太确定。疏散营这里的小宝宝没完没了地喊，最壮的相扑大力士也扛不住啊。他们比赛眼泪相扑，好像都乐意活1000岁似的，就像我和太奶奶已经看过几次的三春泷樱。那是一棵垂樱树。它很大，很老，太奶奶说，它里面住着一个老树精，但我还没有亲眼见过。如果樱花季节站在一根又长又重的枝条下面，简直就像樱花瀑布向你流下来，而且香得头晕，太奶奶十分高兴，然后她就会发抖，我猜是因为她起了鸡皮疙瘩。我更小的时候，可以坐在她肩上，虽然太奶奶的骨头已经很薄很脆了，不知道什么时候就会像法式长棍面包一样断掉。那时候我们可以一起冲樱花澡，我也起了鸡皮疙瘩。睡觉的时候，我在内裤里找到了樱花花瓣，还很香呢。[35] 我相信，太奶奶自己就是一棵老树。我知道这件事，因为有时候我和她去林子的时候，一个不留神，她就没了。然后我就转圈喊，太奶奶！你在哪呀！喊了几声，再转身，她就突然站在我面前，笑得前仰后合。所以我相信，太奶奶散步时其实是在变身，变成一棵很老很老的树，根很深地扎进了土，可能一直到岩浆里，所以她的眼睛才会那么亮。然后她在林子里站上几个小时或者几天，让她的叶子沙沙地响，下雨了，她就会发抖，因为痒痒的。或者她偷听树林里妖精们的聊天和八卦。因为树木有个巨大的通讯社，每棵还很小的小矮树都能和林子里任何一棵巨人树聊天。是通过根运转的，特别是还有大自然在林中地面上设置的蘑菇网，它比因特网还快呢。我觉得这一切都很好玩。太奶奶说，整个森林是个大生物，比如说每棵小树都是根鼻毛，林中空地是痘痘，兔子就是肠道细菌。可大多数人不知道，他们以为森林是木头厂呢。有一次我问太奶奶，树有没有感觉，她大喊说，我们当然有感觉啊！让我惊讶的是，爸爸居然也同意，还给我解释说，是电脉冲流过树干和树枝，就像流过我们的神经。如果一个屠杀狂带着他的电锯在林子里跑，所有树都会尖叫，但不是用声音，而是用气味。可人类闻不到也听不到，就像听不见眼镜猴的超声波一样。[36] 我真的很想问太奶奶，蘑菇语或树语怎么讲，可是她根本不带我们，干脆自己去冲浪了。如果我问树木呢？问它们太奶奶待在哪？可用什么语言呢？也许森林也有 Google 搜索？还是说，我得把手指插进土里，就像天线那样？或者我找一根蘑菇线，把它插在耳朵里？或者我在森林地上撒点糖浆？我也可以假装我是啄木鸟，在树上敲摩尔码。如果一只虫子冒出来，我就用摩尔码问：善良的虫子桑，您是否可以问问木维网，太奶奶到底又藏哪里去了？疏散营的小宝宝们叫得可真响。哭呀，哭呀！叫呀宝宝，叫吧！后来我有时候看到，道士在宝宝哭相扑赛时这样大声对小婴儿说。哭吧，哭吧！比如说前几年轮到小惠子的时候。可不管相扑大力士怎么摇晃她，不管道士怎么吼、怎么戴着恐怖的鬼影面具在她面前跳来跳去，小惠子都一声不吭。她安静得像个小老鼠，只是用她大大的眼镜猴眼睛看着。妈妈当然又有了她的情绪，因为谁都知道，会喊的小宝宝长得快，我清楚地听到妈妈说，小惠子的沉默是个坏兆头，但也许只是她搞错了。想到太奶奶那么老，当年她在宝宝哭大赛里一定棒极了，可能比我还好呢。我不明白，为什么大人就不能参加宝宝哭相扑赛了，否则的话，太奶奶就能和我比一比了。可惜妈妈说，我也太大了，[37] 我想，穿着那些好笑的袍子爬到相扑赛场上去，被一个大胖子举起来，大喊大叫、使劲蹬腿，可真好玩。有时候这会对我有好处的。这会对大多数人有好处。我相信会对妈妈特别好，那样她就能把情绪从鼻孔里喷出去，会有个大胖子立刻坐上去，用屁蛋压碎它，碾得劈里啪啦响。

音频0049

　　我觉得大海真是可怕。你永远都不知道深处埋伏着什么。当我背着小惠子和辰往游泳的房子顶上爬的时候，海浪单单来咬我的脚，但也可能是一只叉齿鳚，谁知道呢。我差点滑下去落进它黑漆漆的嘴巴里。有一次我听说，半个大海都能装进叉齿鳚的胃，它能吞下比它自己还大的鱼，说不定吞下鲸鱼都有可能。它的肚子应该是乌漆嘛黑的，从外面连蹩鱼的灯笼都看不到，因为它最喜欢把鳞片和探照灯一起吞掉。我们于是爬上了房顶。幸运的是上面有防雪板，走起来很方便。电视天线现在成了船的桅杆，小惠子紧紧抓着它，像个冻僵的小猕猴。她安安静静地坐在那，除了眼睛，一动都不动。嗯，这时候我有点怕了。[38] 于是我对她说，她是海里的幸运公主，我是她的船长，现在我们出海，去寻找海盗王金罗杰的著名宝藏。但我不太清楚她喜不喜欢我的故事，因为她一点都没笑。如果小惠子是变色龙，我猜这会儿她就是全黑的，也许有几块发绿的斑点吧，看起来就像发痒的疹子。于是我开始给她讲因幡白兔，我从太奶奶那里知道了这个故事，它说的是：从前有一只老兔子，住在竹林里，可是有一天发了大水，老兔子爬上一段树根才得救。它随树根漂到一座孤岛上，四周都是鳄鱼，那是很可怕的海怪。我正想给小惠子再讲讲鳄鱼，这时突然想起，辰还在龙猫背包里呢。好险呀！可已经晚了，辰很生我的气，咬了我的小手指，我疼得完全忘了讲白兔的故事，好可惜哦，因为我想了一个很好笑的结局，能赶走绿疹子的。我并不知道，房子和车还能游泳。泰迪熊也可以，但是要穿救生衣。柜子、钢琴和拖鞋会游泳，有的久一些，有的只能一会儿。人类只能游一小会儿。也许有一天我会坐着冰箱环球旅行，里面装满凉凉的西瓜汽水和熊猫寿司。很久以前，我猜是上个世纪了，一艘货船在大海上的某个地方弄丢了一个装满小黄鸭的大集装箱。[39] 这些小鸭子没有像在浴盆里似的永远打转，而是全世界旅行了十几年，随心所欲到处乱跑，比如说有的去了澳大利亚，或者去南美找辰的亲戚。但真正的冒险鸭去了阿拉斯加探险，这是我在电视上看到的。科学家们说，小叫鸭的世界旅行和洋流有关系，有几只疯狂的鸭子仍然还在大海上摇晃呢。可惜我一只都没碰上。不管怎么样，海啸再次回来的时候，把我们卷进了公海里。房子吱吱嘎嘎地响，像真的海盗船似的，它慢慢转了起来，和小惠子的眼睛一样。我想，因为她在使劲往岸上看。然后她忍不住吐了，我看到，小惠子又没好好嚼乌冬面。可我什么都没说，因为我们刚好还有其他麻烦。比如说，那种轰轰隆隆的声音，它明显是从海底传出来的，真的很吓人，可我还是装作听过几千遍，我说，喔，就是鲸鱼嘛，它爱上了潜水艇，因为如果鲸鱼和潜水艇在水下做爱，听起来肯定就是这样子的，我知道的，因为我偷偷观察过爸爸妈妈好几次了。管健身房的女士说，那是余震的声音，可是我认为她不太懂。太奶奶！你在哪里呀？太奶奶奶奶奶奶！我不停地喊，却没有人回答，连回音都没有。[40] 这时又开始下雪了，小惠子哆嗦起来，嘴唇都青了，就是因为我们祖先的傻生命线一定要爬到 3 楼的天花板上。简单说吧，我们湿透了。我试着把衣服拧干，就像有时候妈妈那样，可是不好使。这时候，房子在大海上漂得越来越远，一直打转，像旋转木马似的，然后来了一阵泥浪，把所有东西都抛来抛去。我想，我们甚至被炮弹击中了，啪嗒，可是远近都看不到敌船。所以我很纳闷，整个世界上是不是只有我们了，是不是我认识的、真心喜欢的东西全都没了。比如说超级马里奥银河 2，或者加樱花糖浆和炼乳的刨冰。当我看到小惠子哆哆嗦嗦地抓着卫星天线锅，我就突然伤心起来，我感到自己确实好小，估计就像个皱巴巴的水熊虫，孤零零、赤条条地飘荡在冰冷的太空里，拼命蹬着它的小粗腿芽。

音频0050

（轻声地）我睡不着，因为我不知道，妈妈在哪，爸爸在哪，太奶奶在哪，还有惠子和辰。也没有人知道我在哪里。有一次我读到过，海豚不睡觉，如果睡，也只是一秒钟，而且只用半个脑，这样它就可以继续思考了。读到这些的时候，我很难过。[41] 所以我就想出一个办法，下次我坐船或者在房子里航海的时候，我就会带上一整壶咖啡，把它倒进水里，这样海豚就不会太累了。

音频0051

　　—我确切知道，您就是月亮人，如果您再撒谎，我就整天拿着我的剂量计跟在您后头。滴滴，滴滴，滴滴！

　　—又是你？

　　—月亮上真的有兔子吗？

　　—让我清静清静。

　　—太奶奶说，有只月亮兔，它有个神奇的臼子，能用来做神奇的麻糬团，谁吃了月兔的麻糬就不会死。

　　—那就好了。

　　—辰在哪？

　　—我不认识。

　　—我的鬣蜥。

　　—哦，我把它带去看医生了。

　　—真的吗？它受伤了？它怎么样了？发生了什么？哪位医生？在这附近吗？

　　—它很好。

　　—是吗？!

　　—是的。

　　—但是我不好。

　　—很遗憾。

　　—带我去找辰吧，月亮人！

—我累了，小家伙。

—我也累了。但我无所谓。

［42］—磨人精。

—您也能看到鬼吗？

—什么？

—鬼。您见过鬼吗？

—我自己就是。

—真的？

—呜呜！

—啊！

—哈哈！

—好讨厌。

—我觉得好玩。

—是呢。

—好吧，小家伙。我带你去找辰。

—哇塞！

—可今天不行。

—哦。

—而且，只有你现在让我静一静，并且不告诉任何人你认识我，才行。

—为什么？

—而且你也不再提问了。同意吗？

—OK。

音频0052

　　我冻得晕头转向，就好像膝盖是口香糖做的，所以我快速坐到小惠子身边，也紧紧抓住天线锅。可这时叉齿鳕吞掉了我们的整座房子。啪！我还从没见过那样的黑呢。我猜，黑得和黑洞一样了，黑洞在宇宙里，把所有太靠近它的东西都吞掉，［43］甚至光、感觉和整颗整颗的星星。这很难过。因为小惠子不见了，只有一个黑东西在。可还有更糟糕的。因为黑接下来吞了自己，纯粹是贪婪。我想，我也不在了。其实什么都没了。我现在死了吗？什么都没了，直到某一刻，出现了光。我想我现在一定是死了。光越来越近。是的，我可能死透了。我很懵。因为只要还有一点点脑子，就会立刻明白，这种光只能是鳘鱼啊，它也和我们一样，被叉齿鳕吞了进来，正在被舒舒服服地消化呢。我就对鳘鱼大喊起来：爸爸！爸爸！是你吗？我们在这里！这里呀！当爸爸走近了，用他的灯笼照亮我们，我才终于能好好看看我们掉进来的叉齿鳕的大肚子，它那么大，很可能整座富士山都装得下。另外它真的很滑，到处都是漆黑的黏液。一只小叫鸭刚好游到我们身边，吹起了口哨，小惠子把它抱了起来，轻轻抚摸。只是有一点不舒服，因为爸爸用他的灯笼刺得我睁不开眼。再睁开眼，我又坐在了游泳的房子顶上。我们头顶是一小块晴天，整个世界上唯一一束阳光刚好照亮我的鼻尖。我已经很暖和了，因为所有叉齿鱚一下子都吹跑了。我立刻知道了该怎么办。首先我从房顶又爬回阳台，[44]虽然我超级怕海怪，还是在3楼游泳穿过大海。只要好好闭气就行，然后就能在水下打开柜门。噗！毯子和垫子滚了出来，在房间里到处漂，妈妈总把它们放在密封的塑料袋里，我把它们扔给房顶的小惠子，吼哈！我把小惠子裹在干干的毯子里，就像紫菜卷里的黄瓜，我向辰借了一个小小的南美热枕，把它塞进惠子卷里，因为我有好几个呢。刮掉房顶的雪是小儿科，惠子卷也就有了一个能止渴的雪球舔一舔。可现在才是最好的！那就是游泳的洞。我从海里捞出来一块泡沫塑料挡风，用它和天线锅、蒲草垫、毯子一起，在房顶搭了一个洞。它甚至比爸爸妈妈的床还舒服一点呢，可真像样。辰也可以从龙猫背包里出来了，为此它没完没了地舔我。有点痒痒。于是我们紧紧靠在一起，小惠子躺在我怀里，她的小拳头差点压烂我的小手指，可我觉得好舒服。

音频0053

—您还呼吸吗？

—唔？

—哦，您还呼吸。

［45］—看起来是的。

—我不太确定。

—你已经在这做多久了？

—有一段时间了。

—在干什么？

—等。

—等什么？

—我不知道。您睡着时放了个屁。

—对不起。

—没什么啦。

—好的。

—您睡着时放了两个屁。

—哦。

—您总是睡这么久吗？

—我又错过食物发放了？

—我想没有。

—你到底叫什么？

—伊藤昭夫。

—很高兴认识你，昭夫君①。就叫我月亮人吧。

—我就知道！

—说说看，你的小妹妹呢？她是你妹妹，对吧？昭夫君，你们两个一起来的吧？他们把你们俩一起带到这的，不是吗？等一下！你为什么跑了？

---

① ［译注］"君"为日语くん的音译，在日常生活中可以称呼年龄、辈分比自己小或同辈的人，一般为男性。

音频0054

　　我最爱和太奶奶在森林里玩"我是什么动物"。那样我就可以像狐仙似的变化了，狐仙就是狐狸啦，它们有的时候是犀牛，然后又成了海马或迪斯科球，全看它们想到了什么。如果我是狐仙，[46]就永远都没法决定我想当什么了。我会总想变成另一个：一天是甘氏巨螯蟹，另一天是宇航员。如果我想藏起来，就变成一块臭臭的垫锅抹布。就这样！我觉得下决心好难。如果你想让我生气，就只需要问我：你想要这个还是那个？那我的脑子就会乱作一团。如果你真的很坏，就继续问我好了：还是说你想要完全不一样的？嚓！我脑袋里就短路啦，因为我当然什么都想要啦。有一次，我还很小的时候，我们去了仙台的一个餐馆。妈妈问我想吃什么，我大哭着嚷起来：你太太太坏了！好在疏散营这里给所有人发一样的饭团，否则我就不知道该怎么办，一定会饿死的。爸爸说，这是个大毛病，不知道想要什么的人永远成不了器。我无所谓啦。反正，当太阳透过雨照下来的时候，狐仙就会在森林里结婚。有一次太奶奶咯咯笑着给我讲，她那个幸好早就死掉的男人总上狐狸的当，狐狸变成年轻的姑娘，就是为了后来拧断那个幸好早就死掉的男人的脖子。有时候，苍介叔叔又喝多了，她就嚷嚷，没脸！你被狐狸精附体了吧！然后她就抢走他的酒瓶，自己喝光。其实我想讲一讲那个洞。有一次我们在森林里玩"我是什么动物"，我就变成一只獾，太奶奶和小惠子闹着玩，也变成了獾，[47] 于是我们3只獾子就在河里玩水，好有趣哦。那时候是夏天，很热，另外狼和棕熊对獾子来说是很危险的，所以我们就开始用爪子挖獾子洞。太奶奶已经是只老獾子了，小惠子和我努力了好几天，终于能一起爬进洞去，在里面打盹，我们紧紧贴着，头挨着脚，和獾子一个样。我和太奶奶獾、惠子獾躺在一起的时候，就是世界上最幸福的昭夫獾了。蕨类、矮树和泥土真的好好闻。可蚯蚓尝起来像口臭，虽然黏液有时候是柠檬味的。房顶上游泳的洞也不坏啦。在我们房顶上的洞里，有一条看天的窄缝。我试着数星星，可是太多啦。我想了很久，宇宙有多大，我有多小，一直想到头晕。我不太懂流星是什么，可那天夜里真的掉下来好多，我想，要是能抓到一颗挂在我们的洞里就太好了，如果不行的话，就坐一颗流星去美国，看看我 Facebook 的朋友 Yuki。外面好安静。我只能听到一点浪的声音，它在轻轻地拍着我们的海盗船。小惠子紧紧地闭着她的眼镜猴眼睛，辰的龙眼睛也是。我有点起鸡皮疙瘩，不是因为冷，我想，是因为，我感觉自己是个真正的海盗了。[48] 星星一闪一闪地那么亮，空气那么好闻，像是一切都被施了魔法，会发生最奇怪的事情。有一次爸爸宣布，连星星也会死，可我怎么都不信。因为星空看起来的的确确是无穷的啊，无穷是一个根本无法想象的数字。太奶奶给我讲过彼岸和此岸。因为我不小心对她泄露了我的秘密计划，我以后要出海，我想搞清楚，地平线后面有哪些动物，它们发出什么样的声音，有什么气味。如果能从地平线上跳进太空，就像企鹅从悬崖跳进大海里，那就好玩了。反正太奶奶和我说，此岸是"这边的岸"，指我们正常的世界——有学校、任天堂、加热的马桶圈和所有这些，彼岸是"那边的岸"，它就难懂多了。比如说妈妈总是做插花，可真是好看呀。但太奶奶说，妈妈插花不是为了表达心情或装饰房子，而是因为，我们能透过花看到彼岸。就像夏天，门帘鼓了起来，就能很快瞥见另一个世界。太奶奶说，人类很渴望彼岸，总是试着尽可能地接近它，但却压根不知道到底有多危险。如果冒险走得太远，就再也回不来了。我有个表姐穗香，总在山里和林子里四处转，用她的大相机拍苔藓，石头上、树上、路边的苔藓，不论在哪看到都拍，[49] 有一次她和我说，有几百种不同的苔藓，一个赛一个的漂亮。妈妈说，穗香真是着了魔，反正有一天，她冒险在山林里走得太远了，因为有鬼火吸引着她，大自然就干脆把她吞了。爸爸说，她是被蜂群蜇死的，可太奶奶告诉我，穗香被勾走了魂儿，森林神把她给吞了。我猜，如果划着海盗船去地平线，从那跳进太空，也会有相同的经历。这个事情我想了一下，但没有想很久，否则我就会害怕了。我猜，后来我就睡着了。

音频0055

大多数时间我都在玩剑玉，可那种咔哒咔哒声不知什么时候就会把人搞晕。我会很多绝招。比如我可以玩莺渡谷、日本一周或者一回旋飞行机。那是一种很难的玩法，5次里我至少能成功一次。纸壳墙后面挨着我睡的那个人，已经被咔哒咔哒声弄醒两次了，他很生气地看着我。也许明天我最好找个新地方练习，还是小心点好。我觉得玩剑玉最棒的是，我不用再想事情了。我的脑子完全放空，只剩下球、剑、盘子和线。可是一停下来，就又开始想个不停。［50］所以今天我观察了外星人，来分散注意力。那是住在疏散营的一家人，他们整天都穿着辐射防护服跑来跑去。我觉得外星人的衣服很漂亮。我第一次看到他的时候，下巴都掉下来了，我肯定那就是月亮人了，他正好好收拾准备回去呢。肚子圆圆的孕妈妈穿着粉色的防护服，上面有大朵大朵的樱花，小孩的是蜜蜂图案。他们总是一起忙忙碌碌的，所以在疏散营里留下很开心的画面，虽然此外也没什么好笑的。三个外星人都一直戴着防护面具，上面的视窗真的好大哦。但是爸爸的玻璃总是雾蒙蒙的，住在篮球筐下面的女士说，那是因为他总忍不住哭。外星人住在我下面一层，在一个没有窗子的房间里，他们用塑料板搭了个帐篷，还用胶带密封好，我今天仔细看过了。我问我自己，在这种帐篷里怎么能喘气呢？我鼓起勇气，去问那个穿蜜蜂防护服的外星小孩，可惜他从视窗后面回答的话我一句都不懂。我想，外星人要是能离开这里就好了，远远离开，去另一个行星，可是不行呀，因为他们没钱买火箭。

音频0056

［51］（小声地）貘桑，来吃掉我的梦吧！貘桑，来吃掉我的梦吧！貘桑，来吃掉我的梦吧！我真的好难过，所有动物都死了。我救不了他们，不管我怎么努力，都救不了他们。狗狗，小猫咪，牛和马，小惠子也在我的梦里。她骑在辰背上，他像真正的龙那么大，翅膀闪闪发光。她能说话了，不用动嘴巴！她大喊，哥哥，我需要你，哥哥！我立刻用心灵感应回答：小惠子，小妹妹，你等着我呀。她就眨了眨眼睛：快来呀！我只需要心里想：可是你在哪呀，小惠子？我不知道你在哪！这时回答就已经在我脑子里了：磐城共立。那是家医院吗？小惠子点了点头。

音频0057

—您是什么动物，月亮人？

—动物？

—如果你可以是任何一种动物。

—人可不是什么悲惨的动物。

—那不行。

—那你和我说说。

—也许是一个三趾树懒？它整天倒挂在树上，身边都是最喜欢吃的菜，也就是树叶啦。只有拉屎才会下来。他得拉一整天。[52] 因为太累了，所以他很少拉屎，可能两个星期一次吧。

—好玩。

—去医院远吗？

—你看，路上状况很糟糕。

—您也状况糟糕吗，月亮人？

—昭夫君，你是个讨厌的家伙。

—对不起。

—好啦。

—月亮人？

—嗯？

　　—我想过了，也许我们可以先去接辰？小惠子一定很开心的，如果我们……

　　—可惜不行。

　　—为什么？

　　—油不够了。

　　—哦。

　　—得排 12 个小时的队，才能弄到几升油。

　　—那什么都干不了。

　　—根本没戏。

　　—可惜。

　　—是的。

　　—您也有家吗，月亮人？

　　—唔？

　　—您也有家吗？

　　—你又把这个东西打开了？

　　—没有。

　　—你录音呢？关了它，嗯？

　　—没，我没录音。

　　—好。

　　—这不是东西，是录音笔。有两个麦克风，4GB 内存和超长的续航时间。

　　［53］—了不起。

　　—我知道。它是蟞鱼的礼物。

—谁的？

—我在游泳的房子里找到它。

—厉害。

—它一点都没湿，因为它还在塑料包装里。爸爸给我留了言。

—秘密消息？

—正是。

—那他说什么了？

—测试，测试，测试，测试，测试。

—再没了？

—没了。

—这是什么意思？

—我也问我自己。

—那你喜欢你爸爸吗，昭夫君？

—是呀。我很喜欢他。但我不喜欢他超级无聊没完没了地告诉我，以后我要像他一样，去上东北大学。

—是这样啊。

—然后他总是说他的谚语。

—他的谚语？

—如果练习纸摞起来没有你自己那么高……

—……就成不了器！

—您也知道？

—好像是。

　—连月亮也知道？

　—整个银河系都知道。

　—然后呢？

　—什么？

　[54] —是您传出去的？

　—现在关掉那个东西，嗯？

　—OK。

音频0058

（风）

音频0059

　　我清清楚楚地告诉医生们，小惠子只说眼镜猴语，可他们根本听不懂。他们也不让我碰超声仪。我试着心灵感应，可是因为那些傻药，小惠子只是睡觉。我是世界上最坏的哥哥。我是世界上最坏最坏的哥哥。

音频0060

我整天坐在地下室的洗衣机上，发长长的 A 和 O 的音。这让我安下心来。人们的确怪怪地看我，但我无所谓，因为我背过身去坐在洗衣机上，根本看不见那些傻脸。有一次月亮人来了，给我带了汤，可我一点都不饿。在 1 到 10 的等级上，我甚至是-3 级的饿，因为我一闻到食物就恶心。[55] 那天我在游泳的房子上醒过来，也是这么恶心，因为最重要的人没了。辰，醒醒啊！小惠子不见了！当我从房顶的洞里爬出来的时候，四周除了大海，什么都看不见。獏桑，来吃掉我的梦吧！我小声说了三遍，可惜食梦兽什么用都没有，因为根本不是梦，而是严酷的现实。小小小惠惠惠子！！！！小小小惠惠惠子！！！！这时我在远处发现了一个小点，虽然真的好小好小，可毕竟是个小点。小惠子，坚持住啊！我来了！可是没有帆，也没有发动机，要在大海上驾驶游泳的房子，好难啊！这是最难的事情了，因为根本不可能。真倒霉！于是我问自己，这种情况爸爸会怎么办呢？虽然我没有做出武士道的脸，却也的确想到了办法。三楼的柜门能当我的筏子，桨总会找到的，一定会，然后我就划去小惠子那里救她，来吧，不论如何！我于是迅速从屋顶爬到阳台上，就像蜘蛛人那样。小惠子正安安静静地裹着毯子，坐在漂浮的供桌上，往水里看呢。我开心得真想把祖先的牌位一个个亲个遍、抛到空中去。后来我笑得要死，因为小惠子用她的手语明确解释说，我还在睡觉的时候，她想尿尿，可厕所在一楼，水里。我猜，她最后像个真的女海盗那样，从供桌上尿到海里去了，[56] 反正整个大海都是抽水马桶嘛，但我也不确定啦。她漂在佛坛上，我大喊，小惠子，你可吓死我了！但她一点反应都没有，只是紧张地盯着大海。你看什么呢，小惠子？那是啥？也许是贾斯汀·比伯和迈克尔·杰克逊？那真就太开心了！还是潜水艇，正对热恋中的鲸鱼眨眼睛？或者发出海洋怪声的海妖？我突然想起来我的梦，一切都清清楚楚地在我眼前。我们坐在辰的背上潜到海里，到处都是身体。我猜是一船幽灵，太奶奶给我讲过，他们是淹死的人的灵魂。真的有好多。他们在海底建了一座新城市，为开幕举办了一场大宴会，到处都漂着海藻花环，还有当灯笼的河豚。我在辰的背上四下张望，找爸爸妈妈还有太奶奶，幸好没发现他们，他们不在舞厅里，也不在大餐桌旁。这时就出事了。小惠子弄掉了她的辟邪护身符，正好落到一个船幽灵头上。扑通！可能因为保护我们的魔法破了，淹死的宴会客人立刻发现了我们。哇哦！他们成群游过来，大喊着：把你们的大汤勺借给我们吧，亲爱的孩子！把你们的大汤勺借给我们吧！你们的大汤勺，亲爱的孩子！幸好这时候梦结束了，貘桑咔嚓咔嚓地吃掉了它。

音频0061

[57] 我从来都不能一起去核电站。一次都不行。爸爸说，小孩子是禁止的，我认为，他也真是喜欢禁止。我可是铁臂阿童木呀，更常用的名字是男孩昭夫，就是那个有超能力和原子力引擎的著名的机器少年。但保险起见，我没有对爸爸泄密。有一次我还是一起去了模拟室，那是一个很大的控制间，看起来和企业号航天飞机的驾驶室一模一样，有好多支架、按钮、屏幕、指示牌之类的。爸爸向我证实过，开电厂和开航天飞机很像的，只是电厂基本不需要起飞和降落。虽然我每天至少问十遍，可爸爸不能带我去核电站，我想他私下里也是有点难过的。我这样想，是因为他对他的工作很骄傲。爸爸说过，没有核电站，日本就会是个穷国，因为日本没有多少矿产资源，我觉得有点可惜，因为我是个寻宝人。可核电站只需要原子，原子毕竟到处都是，甚至我的鼻子里也有。我的朋友裕人住在双叶町，那里的街上挂着个大牌子，上面写着：核能为光明的未来！妈妈和我说，她的爸爸妈妈，也就是外公外婆，特意搬去了那里，因为漂亮的自然，最重要的是，核电站提供了好多工作。福岛由两个字组成，福，福气，岛，岛屿。正是呀！全东京的电都来自我们的电站，一旦它停下来，整座城市就只能用蜡烛、灯笼和

手电照明了，[58] 我想象那会很漂亮的。不管怎么说，模拟室是训练星际舰队学员的，他们还不太知道怎么开飞船或核电站，有时候爸爸是他们的老师。他也真的能讲好。比如说，我从爸爸那学到过，核电站其实是个很大的烧水壶。如果原子碎了，就很热，水就开了，但不是用来沏茶的，人们用蒸汽来发电，电从插座出去，可惜我忘了具体怎么搞。另外我也不明白电究竟是什么，但我一点也不想搞清楚，因为如果你碰到它，就会变成烤小香肠。在模拟室的时候，我努力不去按按钮，我尽我所能了，对印第安人发誓！可太诱人了，我还是按了。我最想竖起一面保护盾或者发射激光或者导入行动。星际战舰学员们正在演习紧急停机呢，我按的按钮把他们全都打乱了，我猜，还引起了一场设计基准事故，那真是非常严重的事故。可我压根不知道，就因为按了几个按钮，我就能造成设计基准事故，因为爸爸总和我说，核电站是世界上最安全的东西。我想，模拟室里的设计基准事故也还好啦。可爸爸的脸全红了，对他的领导鞠了差不多1000 个躬道歉。他真的好生我的气，之后一个星期，不论我怎么哭、怎么跺脚，他一个字都不和我说。[59] 后来他只说，这应该给我一个教训。妈妈说，有我这样的儿子，爸爸在公司里一定很难为情。

音频0062

　　现在连月亮人也消失了。我刚刚想出来一个秘密方案，能让我们把小惠子从医院里带出来。代号：眼镜猴 XY 行动。我甚至画了几张严格保密的画。可是当我想把这个行动方案透露给月亮人的时候，他的位子上却坐着其他人。月亮人呢？我大喊起来，可那个胖太太只是看了看我，好像我脑子坏了或者怎么样。她一定是特工，得到了这件事情的风声。所以她夜里把月亮人带走了，一定是的。我在所有厕所里找了三遍，当然，憋着气，连女厕所和有人的也看了。可一个刚刚完事的女士特别生气，对我说了一些真的很难听的话，她用的词我根本不懂。月亮人也不在卫生间里，其他睡觉的大厅里也没有。所以我就开始到处问，可似乎没人认识月亮人，甚至见都没见过。一定是特工不让任何人对我说一个字。反正我渐渐不知道该怎么办了。所有人都在不停消失，留下我孤零零一个人，真的不怎么好。于是我把能找到的所有的蛋糕渣装到了一个纸盒里，［60］喂外面的流浪狗，它们也被男男女女的主人们孤零零地留了下来。它们高兴得呜咽、摇尾巴。有些汪汪叫起来，超级棒地跳来跳去。可真好。

音频0063

在海里拉屎很好玩。扑通！但我已经有点良心不安了，谁知道会拉到谁头上去呢。我向厕所神道歉了，以防万一，还是小心点好。要是倒霉，深处冒出来个河童，从屁股把内脏扯走就坏了。不管怎么说，房子又漂回岸边了。我想，就像小叫鸭，它迟早有一天会搁浅在澳大利亚或南美。小惠子和我玩拍手打发时间，另外还做鬼脸。小惠子做鬼脸可真厉害。不论我怎么努力，我总是早早地比她先笑出来。小惠子在黑暗里做鬼脸的时候，我就尖叫着跑开藏到床下面。啊啊啊啊啊啊啊！不管怎么说，结结实实地撞了一下。大概像这样：砰！海盗船就触到海底了。我猜是二楼，因为一楼已经被鱼啃光了，就像姜饼屋似的。反正房子一定旅游得很累了。因为它很悲惨地咯吱咯吱响，简直听不下去。也可能它只是伤心了，感觉到我们要走。所以我试着让房子开心起来，[61] 我建议它环球旅行，比如去马达加斯加，那里有环尾狐猴和侏儒枯叶变色龙。可它还是唉声叹气的。好吧。反正我把小惠子连毯子放在漂着的供桌上，虽然她非得从二楼拿她的娃娃。我把一块漂着的废料当成筏子，用一根木杆划水。我得说，我们周围真的漂着好多好多破烂，我猜破烂比水还多。妈妈总是嚷嚷，可惜呀！可惜！多浪费！可惜的意思是，世上的每件东西，哪怕再小，哪怕根本没用，都要捡起来，比如你饱得要爆炸的时候盘子上的米粒，因你肚子里显然塞了太多咖喱啦。妈妈说，什么都不能扔，因为所有东西都有灵魂，另外它们都是礼物，是大自然和神送的。我觉得神可真好，还送给我们礼物。可是我很想告诉他们，大自然也一样又浪费又蠢，这次它真的扔了好多东西！我不明白，如果每件东西的确都有灵魂，那么东西的灵魂们现在是不是都碎了。也许能用各种碎片粘一个新灵魂出来？比如说一个马兔的灵魂？用一个碎掉马的马桶和一棵断了木的树。或者游艇的灵魂？用曾经的游艇和曾经的屋顶。我也不知道。反正岸上看起来真的好奇怪。[62] 我们现在停到孤岛上了吗，小惠子？因为一个人都看不见，只有黑漆漆的大平地，乱七八糟的，比所有儿童房都乱。我把小惠子和辰、龙猫背包一起从佛坛里抱出来，又背上两条毯子，蹚着泥泞的垃圾地走出去，湿漉漉的脚可真冷啊。喔喔喔！这时候小惠子开始哭了，我就给她讲福兮祸兮的故事，我是从太奶奶那儿听来的，只是改了一点，这样就更好玩了。很久很久以前有个小武士，叫御—昭夫桑，他有一只很帅的鬣蜥，名叫爱睡觉的御—辰。有一天爱睡觉的御—辰特别精神，因为他喝了太多可乐，所以他就直接从宫殿里跑了。唉！真倒霉！美丽的惠子公主喊道，深深地叹了口气，但是武士噢—昭夫桑只是说：福兮？祸兮？谁知道呢？果然，三天后，鬣蜥又站在宫殿前面，比之前漂亮多了。因为他出去的时候，风神把

59

他变成了真正的龙。从现在起，他就叫风一般的御—辰。多幸运呀！惠子公主喊道，武士御—昭夫桑回答：福兮？祸兮？谁知道呢？果然，一天之后，小武士从天上掉下来，摔断了腿，因为他正打算骑着龙翻个跟头呢。出事是因为，风一般的御—辰还有一点是爱睡觉的御—辰。唉，你这个倒霉蛋！公主说着哭了起来，可是御—昭夫桑只是耸耸肩：福兮？祸兮？谁知道呢？这时一位骑马的医生走了进来，他给小武士打了石膏，［63］下令说：你要静养两个月，小武士！所以勇敢的御—昭夫桑就得在软软的蒲草垫子上躺好几个星期，被人伺候着。所有其他武士都要去参加战争，他却整天整天地看动物书，一勺勺地挖着加樱花糖浆和炼乳的刨冰吃。真幸运啊！美丽的惠子公主喊道。小武士只是偷偷笑着说：福兮？祸兮？谁知道呢？现在故事讲完了。就这样！我一给小惠子讲福兮祸兮的故事，她马上就不哭了。可我有时候真的很深很深地陷进黑泥里。她也把眼睛睁得大大的。我继续向陆地上蹚过去，发现了各种各样好玩的东西。比如说一棵树上长着压扁的汽车，或者一条大鱼，张着鳄鱼嘴、鼓着白眼睛，或者一个燃烧的垃圾堆，里面还插着一块铁牌，上面画着一个喝麒麟啤酒的男人，和爸爸平时一模一样。后来我们坐在一个轮胎上，在火边取暖。我真的好想爸爸啊。我们得去电站，小惠子！我们必须沿岸边往下走，去电站找爸爸！你听见了吗？

音频0064

　　太奶奶可以在梦里旅行。比如说，有一次她睡觉时去了巴黎找她的侄孙女美穗桑，为了握住她的手，因为美穗桑正在生一对同卵双胞胎，好痛哦，我猜，可能比只钻出来一个宝宝痛两倍。[64] 一个星期后真的寄过来了一张照片，上面有两个胖胖的、圆圆的宝宝，脸是小猪粉的。太奶奶告诉我，在梦和现实之间只隔着薄薄的一层墙，有时候像是玻璃做的，也有的时候是石头的。用一个秘密的技巧就能把东西从这边带到那边去，也就是说，正要醒的时候，好好握住梦里的东西。然后它就会穿过梦的窗子出现在现实中，常常是在同一天。所以我决定，从现在起只练习梦窗移物。所以，我其实除了睡觉，什么都不做。我告诉对面的老奶奶，每隔20 分钟就叫醒我。我对她说，我在做一场很科学的实验。重要的是，睡眠总是持续等长时间，这样梦里的昭夫才能适应。真正的昭夫一旦睡着，梦里的昭夫就旅行去梦幻世界，找爸爸妈妈，找小惠子，找辰，找太奶奶，找月亮人。至少真正的昭夫在努力教梦里的昭夫，可惜没成功，或是做得不大好。老奶奶很高兴，因为她终于有用武之地了，举个例子吧，就在她叫醒真正的昭夫之前，梦里的昭夫必须紧紧抓住妈妈，这样他就能通过梦窗把她带回到另一边来。问题只是，梦里的昭夫是个大傻瓜，只做他想做的事情。另外，不知道怎么回事，时间在梦里好像发了疯。因为，有的时候我感觉20分钟像整整一个星期，有的时候才3秒钟。我已经意识到，如果我7天紧抓着爸爸不放，就很奇怪了。[65]哪怕感觉真的很好，在梦里也行不通。我就纳闷，梦里的时间这么乱，那位爱因斯坦会怎么说。不管怎么样，我还试了其他方法。我把一个梦里的钟定成20分钟，我想把自己叫醒，看一看现实里过去了多久。可不管我怎么拧鼻子，都醒不过来。好吧，我现在继续练习。因为只有我足够努力，有一天才能把爸爸妈妈和小惠子和辰和太奶奶和月亮人通过梦窗移回来，然后我们就又在一起了，一定会的。

音频0065

货车像个小猴子似的挂在红绿灯上。或者在 4 层楼上抛锚的渔船。倒立的房子。我们真的看到了最滑稽的东西。所以我们走得很慢，因为小惠子总要什么都看个清楚。可最重要的是，我们都饿坏了。于是我们爬进一个坏房子，是在一个大垃圾堆上找到的。我对小惠子说，不论吃得多好，拉出来的都是屎。然后我们就翻遍厨房找吃的，它看起来根本不像厨房了。可好玩了！我们还在电饭煲里找到了好吃的糯米饭。以前是冰箱的那个东西里，有豆腐、辣根、毛豆和腌乌梅，但都是我自己吃的，［66］因为小惠子吃酸的就做鬼脸，真是吓人。所有三块糖都给她了，我们分了百奇巧克力棒。我们把大多数东西都放在锅里，拌上番茄酱和酱油。辰分到了绿叶菜，它很满意。可惜我们没能搞到热食，好可惜哦，因为真的很冷。房子一边敞开，就像娃娃屋一样。一切都湿涝涝的。我还在榻榻米上找到一条死鱼，虽然我认为它不是毒河豚，但我们还是不敢吃。妈妈告诉我，要在东京上 7 年河豚学校，才能成为河豚厨师，知道怎么处理泡鱼，才不会让餐馆的所有客人马上倒地死掉。泡鱼害怕的时候，就会充气鼓起来，噗！然后就圆得像个球，世界上没有海怪能吞下它或者和它玩水球，因为它的刺很毒。泡鱼吹气的时候，看起来可真好笑，我有一次在 Youtube 上看过。但更好笑的是晕倒的山羊。它们生活在美国，如果吓唬它们，比如说拍手或者大喊：哈！然后，扑通，它们就仰壳躺在地上，四脚朝天。有一次我给小惠子看晕倒的山羊，她咯咯嘎嘎笑得根本停不下来。但其实很不幸，山羊真让我难过。反正我们也差点晕倒了。因为一条白狗突然站在坏房子里。它汪汪叫，呲着牙，就像个邪恶的野兽，随时会吃掉我们。[67]我们就藏到毯子里面，紧张地把剩下的百奇巧克力棒全都吃了。过了几分钟，我从一个小缝里看出去，幸好它已经走了。后来我从这座房子里借了个背包，把所有东西和储备都装进去，出发了。可小惠子要留在娃娃屋里，她真就静坐罢工了。小惠子，我们不能留在这里。我们得去找爸爸，你听到了吗？因为：妈妈在一个小餐馆里当厨师，可惜我不清楚在哪。而爸爸说，核电站是整个世界上最安全的地方，什么都不会弄坏它。所以啊！有一次，我不太舒服，我想是在我和爸爸去了模拟室、造成事故后，太奶奶建议，我把自己想象成一枚蛋里的小鸡崽。蛋在窝里，母鸡妈妈让它暖和和的。蛋外面有一层硬壳，所以什么都不会发生。里面有一只鸡崽宝宝，它在美味的汤里游泳，饿了就可以嗑蛋黄吃。我猜，蛋里的小鸡崽，躺在窝里，上面坐着母鸡妈妈，感觉会很舒服吧。可是，我问太奶奶，如果小鸡干了坏事，母鸡妈妈生了它的气，丢下蛋不管怎么办？很简单呀。她神情严肃地回答，母鸡太奶奶就会来暖和它。原来是这样啊，我说，那我就很放心了。不管怎么样，我对小惠子解释说，核电站就像窝里的蛋。外面有硬壳，里面又温暖又安全。所以我们又走回大海边，[68] 虽然我有点怕，怕再来一波很坏的大浪。地面一直在使劲摇晃、咕噜咕噜冒泡。我想，这意味着，地球还活着。这可是个好兆头。因为它还活着，所以有时候就会抖。我也一样啦。但是我猜，大自然掀起大浪的时候，一定很生气。我不清楚，它为什么、对谁发怒，但大自然一定有它的道理，太奶奶就能讲得明白。反正我们这时发现了魔松。在光秃秃的平地上，黑色的淤泥中央，它孤零零地站在那里，好像什么都没发生。所有其他树啊、房子啊、桥啊、车啊、人啊，都被冲走了，但是魔松没有。它安安静静地让它的针叶在风里颤抖，好像在想：噢！终于有地方了！噢！终于清净了！太奶奶和我说过，200 或者 300 年的树，也就是，比方说我的太太太太太太爷爷十辈子之前种的，把我们和我们的祖先连在了一起，因为它什么都记得住。哪怕祖先们早都成了灰或是虫子屎，也无所谓。自从太奶奶让我注意到这一点，我就对树很感兴趣。比如说，等我长大了，我就想有个花园，里面有棵树，开满至今都没有人认识的非自然数的花。它们会有循环和模式，比自然数的花还漂亮，比如说 1、3 或 8。我的曾曾曾曾曾曾孙子每次从树上摘下来一朵非自然数闻一闻，就会想起他们亲爱的祖先昭夫。[69] 相反，小惠子觉得，树通常都挺无聊的。可这次不一样。小惠子盯着魔松看，只有她第一次看太奶奶漂在杯子里的牙，才看得那么久、那么认真。反正她再也不离开魔松了，她把小脑袋一会儿歪向这边，一会儿歪向那边。我猜，小惠子能用一只眼睛看到精灵的世界。所以我才想到，魔松可能就是太奶奶呀。对呀！就是！我于是站到下面的黑泥里，仰头看高高的、光秃秃的树干，一直看到上面带松针的树枝分叉的地方，好好看哦。然后我就喊：太奶奶，是你吗？哈喽？是你吗？太奶奶？可小惠子只是摇头，好像我脑子彻底坏掉了。小惠子只说眼镜猴语，而我一点都听不懂，有时候这真让我沮丧。

音频0066

月亮人在医院。月亮人一定去住院了，因为他一下子倒了，就好像吃了毒河豚。可是管健身房的女士说，我不能去医院找月亮人，他现在需要休息。她根本就不懂！

音频0067

〔70〕我认识所有灭绝的物种，因为我家里有一本讲这些事情的书，可是那本书和家一起环球旅行去了，它们游向了南极或者马达加斯加或者海底宫殿，我也不清楚。比如说我认识渡渡鸟、袋狼、剑齿虎、真猛犸象、大海雀、斑驴和巨型恐鸟，它们全都因为人类死翘翘了。可我觉得最可恨的是，只是因为一个讨厌的家伙一定要把他的宠物带到澳大利亚去，豚足袋狸就没有了。因为豚足袋狸是袋鼠和兔子和小猪和老鼠的杂交，看起来真的好可爱。可它直接被害死了。我不太清楚，人们是不是能让恐龙复活，也不知道这是不是个好主意。我认为，只有人类定居到太空里去，让恐龙能有它们自己的星球，才比较聪明，否则它们一不小心就会踩到人，他们就成烂泥了。或者它们会咬断人的脑袋。好好吃哦。我觉得，要是每种灭绝的动物都能有它们自己的星球，就真的最好了。那样的话，我就会当水熊虫，不穿航空服就能在太空里飞，总是中途降落在不同的星球上。或者，我最后就藏在豚足袋狸的毛里好了。

音频0068

[71] 我猜，如果吃梦的貘桑太饿了，它就会吞掉所有希望，嚼都不嚼。

音频0069

　　小惠子从挂在她脖子上的秘密小口袋里，拿出一颗勾玉珍珠，放在魔松前面。然后她用小手指又摸出第二颗勾玉。我该干什么？我问小惠子。她示意我，应该好好保存，就像宝贝。OK。这时我想起那个从坏房子里借出来的本子。你在看什么，小惠子？我问她，把本子和笔递过去。她点点头，画下魔松。小惠子真的画得好，太奶奶说过，小惠子是个真正的艺术家。可她的魔松和我看到的完全不一样，因为小惠子的魔松上坐满了森林小精灵，他们光着身子，戴着小蘑菇帽。他们到处都是，为了不跌下来，他们像小猴子似的抓着树干和树枝。用圆圆的精灵眼睛很害怕地看着。他们怎么了？我大喊，小惠子比划着，指着下面的岸。对啊，小惠子，我们就要去那里！找爸爸！可她只是使劲儿摇着小脑袋，后退了几步。扑通，她躺到了泥里，因为什么东西绊了她。啊啊啊啊啊啊啊！［72］是什么？是什么？是个很丑的、苍白的、穿蓝衣服的人，他像个受惊的河豚似的鼓起来。我一把抓住小惠子，尽我所能地快跑。再快点！再快点！可是根本没用。因为到处都发出了声音。救命啊！它们大喊。救命！我猜，是从废墟和我们脚下的垃圾里传出来的。好痛！帮帮我们吧！救命！然后我陷到淤泥里，鞋子卡住了。但是不能停下来啊，我才不想被吃掉。快点！再快点！我想，有一只手抓住了我的脚。最好放开我，你这个泥巴怪！这时我发现一辆开着门的破车。我们爬进去，躲在座位后面的地上。辰从背包里跳出来，疯狂地晃脑袋，紧张得大张着嘴巴。小惠子开始嚎啕大哭，我以为她要憋死了，因为她真的好害怕。我从背包里扯出毯子，迅速搭了个洞。好啦。好啦。然后我给小惠子讲了一个我最喜欢的故事，是勇敢的男孩金太郎，他在相扑赛里赢了熊，骑着鲤鱼，和兔子、猴子、熊、野猪一起打败了邪恶的妖怪酒吞童子。我想，这让小惠子安静下来，因为她睡着了。可是我的心怦怦直跳，跳得那么响，我怕会弄醒小惠子，或引来那些卡在垃圾和黑泥里淹死的人。太奶奶给我讲过，灵魂会在地球上停留 49 天，［73］然后才能最终进入冥界。我真是纳闷，为什么那么久啊！

音频0070

　　录音笔快没电了。我不知道能不能得到新电池。我好怕，电池标志闪得那么凶，我根本不知道还能和谁，也就是说，谁还会听我说。它闪得真是太快了。我最好停下来。

音频0071

　　我不知道，没有我的安慰盒该怎么办？如果不能马上得到新电池，我就做块牌子，举办游行。或者我憋气，直到满脸通红。或者所有人都睡着的时候，我就吃生洋葱，放又响又臭的屁。不管怎么说，我现在有个新朋友了。就是那个穿蜜蜂防护服的外星小孩。他叫小太郎，可惜不是真正的外星人。小太郎说，他没有电池给我，但是有一套防护服，因为他的爸爸妈妈另外存了一套，草莓图案的，不错呦。

音频0072

我有新电池了！因为电视记者来了，美国的，他们想让我对他们的摄影机说话！我做出十分严肃的表情，说：[74] OK，但是只能用电池换。他们说：成交！记者们很友好，我告诉他们，我最好的 Facebook 朋友 Yuki 住在美国，我只认识 2D 的美国，他们说，他肯定能在电视里看见我。我给那些美国人在摄像机和毛茸茸的麦克风里说了一则给 Yuki 的消息。我好兴奋，屁股都出汗了。好吧。但愿没人看到。

音频0073

　　第二天早上，那条白狗坐在烂车前站岗。她瘦得像狼，已经很老了。我猜，她一定悄悄跟着我们。我只把车门开了一条窄缝，她就已经站在那里，呜咽得真叫人心碎。然后她舔了我的手。于是我们成了朋友。我告诉小惠子，白狗是保护神，会照顾我们的。反正我马上就不怎么怕废墟里的声音了。有件事情可是真不舒服。因为我只剩一只鞋了。小惠子、辰、白狗和我又往内陆走，想找个房子，或许我能借一只橡胶靴子之类的。我没有左脚了，只剩个冰块，要是能在妈妈暖暖的肚子上解冻就好了，可是她不在。另外地上有好多碎片和尖东西。[75] 所以我单脚跳过了这片地方，就像个完全疯掉的火烈鸟。小惠子觉得好有趣。辰也忍不住咧开嘴笑。我可是实在火大。后来我们发现了一棵倒下的树，它好漂亮，因为树根都横七竖八地冲向天空，一切都打着结缠在一起，像我的脑袋似的。树不能倒着长，我觉得真是可惜，否则就能在空中观察它们漂亮的根网了，和太阳一起看肯定会超级棒。太奶奶和我说过，一切都是大杂烩。世界是个大杂烩，里面所有东西都连在一起，就像树根一样，从来没有什么会保持不变，不论你多想。所有活的东西都是杂烩。所有死的东西也都是杂烩。比如说，一株植物是一个动物的住所，它又是另一种动物的住所。住在它里面的动物，在一个美好的早上成了另一种根本不需要住处的动物的早餐。第二天有动物来好好吃了顿粪便。从那一小堆吃粪便的家伙里，长出来一朵漂亮的花。这只是一个例子啦。爸爸有一次说过，我们的汽车烧的是压成糊糊的恐龙，也就是油啦，它是从地上的洞里冒出来的。至少在汽车还没破破烂烂到处乱停的时候是这样。另外我们在呼吸细菌的屁，细菌是很小很小的动物，比水熊虫还小。再比如大山是贝壳做的。一旦有什么死了，它就成了饲料。我在电视里听说，[76]所有动物和人和植物都是亲戚。比如黑猩猩是我们的叔叔，樱花是远房表姐。不管怎么说，倒下的树的根网真的很漂亮。白狗在上面撒了尿。好吧。也许她想浇水吧。然后我们听到了奶牛。奶牛叫得真惨啊。一点也不奇怪，因为她被夹住了，一定很疼吧。奶牛在一个农庄里，可是人都跑了，留下她自己。显然，我们得把奶牛弄出来。可不简单哦，因为房梁掉了下来，就算对于有超能力和原子力驱动的昭夫男孩也太重了。好在有白狗帮忙，她很大声地吼。我猜，奶牛怕得要死，释放出好大的力气，连旁边的昭夫男孩看起来也像个小狗狗。一下子，奶牛就自由了！她高兴得哞哞大叫。我猜，白狗后来道歉了，因为她们俩成了最好的闺蜜，分开了都睡不着觉。我在农庄里给自己找到了一只橡胶靴子，还给小惠子找到一套干衣服，大了三号，看起来好滑稽。我们还翻到早餐。给奶牛拿了美味的干草。她嚼得心满意足，那一会儿感觉就像度假。我们能看到奶牛嚼东西，真是太好了，因为这让人很安心。奶牛咀嚼的时候，牙齿一点不会咯吱咯吱响，反倒是下巴在转圈，[77] 中间还能看到湿漉漉的鼻孔下面的黄牙。奶牛舔了小惠子的脸。可是我给她擦干脸的时候，发现不太对劲儿。小惠子，你发烧了！她只是摇头，看着地面，好像做错了什么。于是我立刻把她放在牛背上，裹上两层暖和的毯子。然后我们就继续走了——背着小惠子的奶牛，白狗，辰和我。我们得去找爸爸！你们听见了吗？去电站！

音频0074

美国的电视记者对我保证说，我绝对是个好故事。我也不懂。因为上一次她说，她会把我变成一个绝对好的故事，这显然意思是，现在我还不是真正好的故事。另外我也不明白要怎么弄，昭夫和故事不是完全两码事吗。不管怎么样，她愿意和我一起去医院看小惠子，另外还会去找爸爸、妈妈、太奶奶和辰。我认为，她对月亮人也有兴趣，虽然她不相信我，不相信他真的来自月亮。我今天甚至拿到可口可乐和士力架，Jackie，就是那个戴着牛仔帽的摄像师，对我保证说，只要我愿意和他们去，随时都能有可口可乐和士力架。我也不懂。然后疏散营的人就吵开了，因为有些人说，美国的记者没有权利［78］带我去任何地方，或者把我变成一个绝对好的故事。我听了一会儿。然后真的好想哭，所以就跑开了，躲去流浪猫和流浪狗中间，和它们分了我的士力架。另外我也很纳闷，到底发生了什么。因为每个人说的都不一样。电视里的政治家说，根本没什么大不了，可是美国记者明确无误地说，有什么东西在电站里造成了设计基准事故，也许一团辐射云飞去东京了，所有人都应该跑，动物园的动物也是。住在篮球筐下面的女士给我读报纸，上面写着，日本的大强项是团结，现在我们全都应该践行忍耐，也就是说，不论发生什么都要忍住，连睫毛都不眨一下。我想，穿辐射防护服的外星人爸爸可没怎么忍，他总哭，还说，很快整个日本都会被污染，就要完蛋了，因为举着大牌子满街游行、大喊大叫的人们就是这么说的。那个总是咯咯笑的好玩的厨师告诉我，政府骗人，只能相信网络。但是当我问他，网上对这一整件事怎么说，他却只是咯咯笑。他旁边的女士觉得一点都不好笑，所以她很大声地讲出了她的看法，网络撒谎更多，只能信任国外的报纸。后来戴眼镜的年轻大学生做了一场很复杂的演讲，说一切都很复杂，但我认为，归根结底他只是在说，[79] 其实没有人明白。我觉得一切都很混乱。但我很确定，我没有在电站按按钮并因此造成事故，肯定没有。后来我问 Jackie，那个戴牛仔帽的摄像师，他是不是真牛仔，他说：不是。

音频0075

（小声地）妈妈一定又有情绪了。我的脚仍然冷得像冰柱一样。最好从妈妈的肚子上拿开。小惠子也一定很想妈妈。我要把事情掌握在手中，现在是时候了。

音频0076

我在地下室找到了一张福岛地图。我在上面画出了我和小惠子的准确坐标，还有最后一次看到太奶奶冲浪的地方。小太郎帮我穿上了草莓图案的辐射防护服。另外我还有 4 份士力架，5 个小饭团，一个水瓶，一听可乐，一个小小的南美热枕，还是原装的呢。我把它保存起来了，万一我又找到辰，它会很冷的。另外还有龙猫背包和很有用的橡胶靴子，那是我从农庄借出来的。当然还有小惠子的勾玉珍珠，没有它我睡不着。明天一早，还很黑的时候，我就出发。

音频0077

[80]那位女士看起来就像刚从裸祭节的泥浆摔跤里出来。可惜她没有赢到吉祥物。我们是在废墟下面发现她的。白狗突然开始很恐怖地吼叫、呜咽，还试着挖废墟。我就去帮她，我们一起把那位女士弄了出来。她真的很苍白、很虚弱，浑身都是泥巴，脸上都有。我很想和她聊天，可她太累了，只轻轻说了声谢谢，再就没了。她几乎一口气喝了整瓶水，好像刚从撒哈拉徒步回来。我建议她，和小惠子一起躺在牛背上。然后我们一起出发了，像个真正的车队。奶牛真是很善良的动物，驮着两个人，一声都没吭。我想，这是因为她很感谢我们帮她弄出来。或者她是头日本和牛，练习过很多忍耐，能受得了一切，连睫毛都不动一下。另外我得说，奶牛的睫毛很漂亮，像位淑女。我真的好喜欢她，她现在是我的榜样。我问我自己，上辈子我也是头快乐的奶牛吧，在可爱的长长的每一天里，只是嚼草，练忍耐。在路上，我发现了这里的那种石头。可惜我不太会读汉字。但太奶奶说过，这些石头上写着，不能离岸太近盖房子，否则就会被冲跑。几百年前的祖先们很好心，[81]专门立起一块大石头，给他们的子孙写了封信，以防万一。我猜，世界上没有邮差能拖走。好在这封信根本不需要挪位子，只是换着

时间，年月本身就是邮递员。可惜人们很健忘，根本不在乎这封信。所以就得再把他们从泥里挖出来。路与岸平行。其实已经不是什么路了，因为七零八碎的，有大裂缝和窟窿。如果不注意，人唰地一下就没了！路面可真不是藏猫的好地方。所以只有奶牛走在沥青地面上，因为她觉得大垃圾场很不靠谱，而且深一脚浅一脚的，睡着的女士差点从她背上滑下去。我自己和白狗靠边走，我想，白狗很饿了，所以吃了死猫。别去！别去！整件事让我很怕、很懵。看起来真恶心，我也不知道该怎么想。我觉得自然真坏，我问我自己，这一切难道不能更好吗。比如说，为什么不能让所有动物都吃豆腐？或者胡萝卜和生菜，像兔子那样？我也问了白狗，但她只是继续大吃，根本不想知道。猫真的有好多器官。一只死猫的眼睛绝对是我见过的最恐怖的东西。要是我能立刻把白狗整个塞进洗衣机就好了，那她就能重新变成白狗，而不是像屠夫似的带着红点。

音频0078

[82] 小惠子被放在牛背上,在她的本子里画了新画。可真吓人。你好烫啊,小惠子!我大喊。她烧得好凶。然后她睡着了,我摸着她的小脑袋。汗淋淋的。头发都粘住了。幸好我后来发现了一棵樱花树,它站在大垃圾场中间,开了粉花,开得太早了。整整一冬,我一棵开花的樱树都没见过,可那棵小树却站在大垃圾场上,向世界展示着该怎么办。我甚至又叫醒小惠子,把她从牛背上抱下来,背在我的肩上,走到那棵小小的超级英雄樱树下。我们站在那,好香哦,我又起了鸡皮疙瘩,就像和太奶奶在三春泷樱下。小惠子甚至咯咯笑起来。那一刻一切都好。然后我看见了火星人。其实不是火星人啦,而是宇航员,也就是穿白色防护服的小人,他们在大垃圾堆上跑来跑去,好像在月亮上。白狗立刻叫起来,我只能在她头上拍一下,让她安静下来,别暴露我们。嘘!嘘!然后我和小惠子、辰、白狗藏到了废墟里,我对他们说,现在一点声音都不能有,否则就永远找不到爸爸了。我清清楚楚地看到,白衣服的小人把睡着的女士从牛背上抬下来。然后他们转着圈,[83] 用火星语喊着一些我听不懂的话。我们一直安安静静,连大气都不喘。白狗把脑袋放在小惠子的肩上,用她悲伤的大眼睛看着我。辰也

从龙猫背包里往外瞧，检查一下局势。我就说，别担心，辰，一切都在掌握中。可我什么都掌握不了，真正开心的只是，他们都在。

音频0079

　　检测。检测。这里是间谍水熊虫。间谍水熊虫。眼镜猴XY行动启动。收到。日志条目1：仍然很黑。重复：黑漆漆的。保险起见，水熊虫穿草莓防护服。辨认标志：好吃的草莓。条目结束。日志条目2：水熊虫出汗了，什么都看不见。条目结束。日志条目3：Jackie，戴牛仔帽的可疑摄像师吐露信息：月亮人叫哲史。躺在附近的医院里。重复：月亮人在射程内。水熊虫追踪此事。条目结束。日志条目4：水熊虫不害怕。收到并退出。

音频0080

　　草莓防护服不太有保护色。要是在斗牛场里，我肯定就是一支小刺枪了。人们盯着我看，像他们很想偷吃草莓似的。[84]离月亮人还有一段路。我希望小惠子和辰在我身边，还有白狗和奶牛。有一次我被警察拦住，问了许多问题，我猜是为了套出眼镜猴XY行动。但是我给他们瞎编了段鬼话，说我的爷爷在家里病倒了，我必须给他搞到很重要的药。然后他们皱了皱鼻子，想把我送回家，我很担心地建议他们别去，因为爷爷的疹子传染。于是他们说：那好吧。

音频0081

　　直升飞机很好看，但很响。这是因为，它像个装反的料理机，不去搅面团，而是空气，所以只是嗡嗡响。另外，直升飞机还能生产出它自己的风。比如说，如果飞行员带着他们的小孩去放风筝或者玩帆船，就带上飞机，在涡轮机上转。反正，因为转圈的直升飞机，小惠子和我总得藏起来。有一次我们差点掉进河里去，因为桥坏掉、变形了。后来我们都很累了，就在一个废弃的房子里睡觉。可惜奶牛没法通过房子墙上的窟窿，有一点难过。但她整夜都等在外面站岗。我把她包在大毯子里，这样就不冷了。房子真的很黑，还很吓人。因为我们听到了脚步声。显然是从二楼传来的。我问，谁在那？［85］可是没有人回答。哈喽？有人吗？又是脚步声，风也在吹，像真正的恐怖片。拐角虽然能听到、闻到，却看不到，我觉得这很不方便。因为有人站在坏掉的楼梯平台上，我吓得装成差点晕倒的山羊。一个嘶哑的声音问，小进，你已经回来了？这时我已经尖叫着转了好几个弯，藏进了小惠子的毯子下面。然后就一点声音都没有了。于是我又爬出来，悄悄溜回楼梯上，虽然我知道，巫婆很可能把我变成癫蛤蟆。老太太还站在原地。你回来了吗，小进？我差点尿了裤子。可我还是告诉她，我不是小进。请别把我变成癞蛤蟆。请别把我变成癞蛤蟆。可她只是说：小进，我沏了茶，然后就哼起一首搞笑的歌。我沏了茶，配了小年糕。我认为，老太太一定是糊涂了，因为她根本没有茶和小年糕，真的好可惜呀。于是我很客气地说，亲爱的老巫婆，我们能在这里做客，非常感谢，然后我拉着她的手，带她下了楼。我在哪里呀，小进？她问我，看了看四周。可惜我也不知道。然后她真的好伤心地看着我。那么伤心，我都想哭了。我不知什么时候睡着了。第二天早上她已经走了。我找遍整栋房子，[86]怎么都找不到老太太。幸好奶牛还站在外面，她舔我们的手打招呼。这时小惠子发了冷，牙齿很厉害地格格打颤。于是我们立刻坐到亲爱的牛桑背上，我对着她的耳朵小声说，她要尽量快跑。我已经在远处看到电站高高的烟囱了！不远了，小惠子。一点都不远了！牛已经跑起来。连辰也瞪大眼睛，我猜是因为太晃了。白狗跑在前面当侦察兵，她总是能给我们找到最好的路，汪汪大叫，摇着尾巴。真好玩！快点，奶牛！快点呀！我根本没想到，奶牛还能跳，像个真正的芭蕾舞演员似的，只要她想，又优雅又轻盈。小惠子也跳芭蕾，可以跳得好漂亮。我想象亲爱的奶牛桑穿着足尖鞋，好好笑。又是烟囱，在树冠中间，像友好的长胳膊，招呼着我们。它们越来越高，越来越高。找爸爸去！找爸爸去！可这时，一个倒下的大电线杆挡住了路，亲爱的奶牛桑不得不把刹车踩到底，就像动作片里那样。我必须死死拽住她的耳朵，否则我和小惠子就会一起翻出去，飞得远的话也许都能到月亮上。哞呜呜呜呜！亲爱的奶牛桑一点都不喜欢，我当然理解啦，幸好她很快又原谅了我。然后我们跳下来，因为已经到了高高的安全围栏，可围栏被讨厌的浪劈得又短又矮。你留在这，奶牛桑！〔87〕我大喊着，背着小惠子和辰气喘吁吁地继续跑起来。来呀，白狗！过来！我需要你！电站看起来像炒蛋似的。硬壳无影无踪。我渐渐怀疑，爸爸对此一无所知。到处是横七竖八的铁件，满地是碎片、废品，弯曲的起重机、倒置的卡车和大坦克都正在路当中。小惠子在我背上继续滚烫得像烤炉，睡梦中在我的脖子上打着嗝，而我跟在几个穿防护服的小人后面跑——等一下！您请等一下！——可惜他们听不到我。开闸，一定要进去！他们走了。可白狗给我开着闸门。于是我们进入一条长长的走廊，我猜，是在迷宫里。闸门关闭。所以您还是等了！有人还在很远的某处晃了晃霓虹灯，就像一把光剑。然后就是一片漆黑。哈喽？哈喽？嚓！我已经躺到了地上，只能看见小星星。啪嗒，啪嗒，啪嗒！辰！等等！辰！别走！我清清楚楚地听见了。他居然跑了！嗖！这时有人一把抓住我，手电正照在我脸上，像条真正的躄鱼。爸爸！爸爸！不是什么躄鱼，而是穿防护服的小人。你们在这干什么，孩子？你们在这找死！我猜，那个小人真的很生我们的气。我在找我爸爸，他叫伊藤健次郎，在电站工作。请问我在哪里能找到他？可是小人不认识爸爸，这我就不明白了，因为人人都认识爸爸呀。马上离开这里，孩子！这里随时都会爆炸！这时他抓起我们，凶巴巴地往外拽，［88］一点都不友好。可辰还在这啊！辰！小惠子开始哭了，因为她比我还懵。谁是辰？还有小孩吗？这时我们已经又在外面了，穿防护服的小人清清楚楚地说：我保证找到你的鼷蜥。可是我太生气了，我使劲地摇头、跺脚。我必须找到爸爸！后来那个小人摘下了他的面具，点头说：我是月亮人，听到了吗？你可以相信我。我会帮助你们。

音频0082

　　本来我只想休息一下下。所以我穿着草莓防护服躺在了草地上。可是吃了半个士力架，我就睡着了。就在最好吃的地方。梦里我们所有人都在一起，小惠子和辰和太奶奶和爸爸妈妈，还有月亮人。我梦到，我们像跳蚤一样跳进一座月亮环形山里。太奶奶翻了两个跟头，大喊说：喔！我是个新手！然后我用注连绳把所有人都绑在一起，拉到我身边。我再也不让你们走了！呼！他们已经穿过梦的窗子溜走了。

音频0083

现在我在月亮人身边。可是他不太好。我猜，他真的有麻烦了。[89]所以现在他住在医院的一个塑料帐篷里。机器手的女士说，月亮人生了辐射病。这真让我难过，但是我不哭，因为我有武士道的脸，另外我知道很多笑话。我最喜欢数学笑话。比如说：世界上有三类人。会数数的和不会数数的。我也给机器手的女士讲了这个笑话，她忍不住笑了，但是在几秒钟之后。我觉得OK啦，因为第一次我也没有立刻明白这个笑话。机器手的女士人很好，所以我就把眼镜猴XY行动透露给了她，所有秘密信息我都是对着她的耳朵小声说的，为保险起见，也对机器手说了。后来我问她，是不是真正的赛博格，就像草薙素子（Motoko）或者曙光少女索尔提（Solty）那样，她是不是刀枪不入，能不能变身。因为这对我高度机密的行动很有帮助。机器手的女士叫Abra，就是那个睡觉的宠物小精灵，她能瞬间移动，如果变成超级胡地，她甚至有精神强念和幻象术。机器手可以闪光，能用手指模仿马在桌子上快跑。如果把热茶浇上去，一点也不痛，我试过了，但不是故意的。如果由于某些原因没法变成水熊虫，我就想变成机器人。那样的话，我就不只让人做眼睑，还要做耳睑。比如说，这样我就可以在太奶奶身边睡觉了，虽然她打呼噜真的很响。如果爸爸又唠叨起来，我就干脆关上，看他张牙舞爪有多搞笑。［90］我搞不懂，为什么鼻子有两个孔，嘴巴只有一个。可能是替补吧，如果一个堵了的话，但我猜，机器人根本不会感冒。也许我会让人做 7 个眼睛，12 条手臂，那样我就能同时注意到所有人，帮助他们摆脱困境。可是如果以后视力变差需要眼睛，7 个眼睛就很麻烦了。最重要的是，有个能关上想法的开关很有用。因为我真的很操心。如果不事事留心，它们就总是丢。

音频0084

—月亮人？您又睡了吗，月亮人？我想和您说点事，但不知道怎么说。是这样的：如果蚂蚁想要过一条很宽的河，它们就会使用一个很好的技巧。它们相互勾起来，形成一座吊桥，蚂蚁高速路就可以继续走下去，直到全都通过。蚁群甚至能在相扑比赛中赢过大熊，所有小不点齐心协力一起掐熊，直到他放弃。我知道，是因为妈妈给我读过蚂蚁的故事，还有我最喜欢的蜜蜂故事，就在坏浪来的前一天晚上。蜜蜂也真的很会合作。比如说，它们制造房子的建筑材料，然后口香糖蜂就在上面咬来咬去，直到材料很软、有了弹性，就把它吐出来交给建筑蜂，[91] 粘到某个地方去。然后暖气蜂就来了，认认真真地拍打翅膀加热，直到倒下去。所以它们必须一直被加油蜂喂好吃的蜂蜜，振奋精神。够暖和了，蜂窝细胞就会出现，它们总是刚好有 6 个角。我问我自己，是不是因为蜜蜂只能数到 6 啊，我觉得很可惜，因为 7 是很美的数字。夏天，空调蜂从小水洼里采水，喷到六角房间的蜂房里，让它保持凉爽舒适。冬天，所有蜜蜂都挤在一起，跳颤抖舞取暖。另外蜂房里总有美味的蜂蜜储备。那是采集蜂从花丛中带回来的糖浆，呕吐蜂把糖浆混上它们的口水，再全都吐出来，直到搞出稠稠的蜂蜜。喷！因为也有点脏啦，清洁蜂就得来打扫干净，而肥肥的守门蜂就在外面站岗。繁殖蜂每年可以出来一次，女王蜂就收集很多他们的精子塞进一个很实用的口袋里，能保存好几年呢。后来女王蜂也烦了，就藏起来再也不见了。奶妈蜂照顾刚刚孵出来的蜂宝宝。一切都好有趣，因为整个蜂巢其实是一只巨型蜜蜂，不需要任何人告诉它该怎么办。连女王也什么都不管。每只蜜蜂其实都没数，整天只想着嗡，嗡，嗡。反正单独做什么都做不成。[92] 所以我想，我们应该互相帮助，然后一切就都会好的，月亮人，您也会恢复健康。爸爸有一次给我讲过物联网，那是未来将会发生的大事。我的新内裤能和我的闹钟说话，它刚好在起床前从柜子里跳出来，对我的枕头说，它应该把我从床上扔下来，因为电饭煲刚做好脆米花，真的马上就烧焦了。这就是物联网的一个例子。或者盆里的花能对喷壶发无线电，因为它太渴了，喷壶就会问我的裤子，是不是可以掐掐我的屁股提醒我一下，这也是物联网的一个好例子。那我就能在梦里去看小惠子了，也能和戴蘑菇帽的森林小精灵聊天，能用蘑菇语在物联网上问森林精灵，太奶奶究竟藏到哪里去了，蘑菇网就会请求魔松从很高的树枝上眺望，我就能和白狗、采集蜂一起搜集太奶奶的灵魂碎片，我会把灵魂碎片放在龙猫背包里，骑着亲爱的奶牛桑，跑去三春泷樱那里，很老的老树精一定能很快拼起碎片、用甜甜的樱花糖浆粘起来，太奶奶粘好的灵魂一定会起鸡皮疙瘩，因为太好闻了。

音频0085

[93] 现在我站在月亮人身边，戴着橡胶手套握着他的手。他说话真的很轻。我。得。对你。坦白。昭夫君。你的。辰。我打断了他，因为我早就知道了。没事啦，我对他说，月亮人就又睡着了。

音频0086

—月亮人？

—你还在呀。

—现在您屁股上有辐射吗？

—好像是。

—头发呢？

—怎么了？

—掉了。

—哦。

—您撑得住，对吧？

—我坚持到最后。

—OK。

—你的手好冷。

—我知道。

—爸爸妈妈终于找到我了。我高兴得立刻变成晕倒的山羊。您知道晕倒的山羊吧，月亮人？

—不知道。

—如果它们吓了一跳，就会倒下。

—明白。

—嗯。

［94］—你妹妹呢？

—她好了。

—好。

—就是说，我们现在回家了，虽然我不知道在哪。我会很快来看您的，月亮人，一定会。我还有一个月亮火箭。

—别忘了，飞的时候系好安全带。

—我们可以到月亮上住在您家里吗？

—我想不行。

—可惜。

—嗯，可惜了。

—月亮人？

—嗯？

—我想送您一个东西。

—为什么？

—如果您伤心，它也许有用。

—哦。

—不是剂量计，我保证。